花季里那个靠窗的女孩

夕诺年 作品

北京燕山出版社

图书在版编目（CIP）数据

花季里那个靠窗的女孩 / 夕诺年著 . —北京：北京燕山出版社，2017.7
　　ISBN 978-7-5402-4613-6

　　Ⅰ . ①花… Ⅱ . ①夕… Ⅲ . ①散文集－中国－当代 Ⅳ . ① I267

中国版本图书馆 CIP 数据核字 (2017) 第 194964 号

花季里那个靠窗的女孩

作　　者	夕诺年
责任编辑	金贝伦　王　迪
设　　计	展　华
责任校对	张瑞武
出版发行	北京燕山出版社
地　　址	北京市西城区陶然亭路 53 号
电　　话	010-65240430
邮　　编	100054
印　　刷	廊坊市博林印务有限公司
开　　本	889mm×1194mm　1/32
字　　数	90 千字
印　　张	6.5
版　　次	2017 年 7 月第 1 版
印　　次	2017 年 7 月第 1 次印刷
定　　价	26.00 元
出版发行	北京燕山出版社 YSP BEIJING YANSHAN PRESS

版权所有　盗版必究

目录
CONTENTS

序 1

日记 5

公路 88

女孩 180

致读者 200

序

第一部校园小说《暧昧是青春的爱情》后，散文新作《花季里那个靠窗的女孩》破冰而出。分上下两篇，另附番外。

1. 上篇

日记式短篇散文。源自少年时代原滋原味的青春往事，其间收录的日记，都是真真切切的回忆。风定尘止，往事如烟，那些鲜活的瞬间，却是挥之不去愈演愈烈。青春里悠扬的歌，疲惫的沼泽，是少时一笔一画留下的折痕，轻细却深刻。仿佛用尽了一生。

它兴许并非一部散文。或许它仅仅是一堆堆现实一份份感情堆积而成的文字高山。但那已不重要了。在某个日落时分，静静敲动电脑，指尖飞散出一个又一个繁盛的梦。那些未曾见光，不为人知的小秘密，脱下蝉翼般单薄的外壳，勇敢地从心底跑出来，发出最真实的所想所悟，延伸向无限感知和路途。

回首少年路，剑拔弩张，仿若一场格斗，最后却笑着走过。我们希望年轻，所以，对于文字，赋予它年轻饱满的气息，哪怕幼稚无稽，也要肆意横行。

很多龌龊的滥情的搞笑的悲伤的清新的复杂的流水账般的心情，陆陆续续呈现在此作花景中。那个少年像我，也像你。

曾想过要去到有你的未来，到头来才发现前方早没有人为我而等待。这些失落的记忆腼腆而惆怅，它是我们青春时代恋上的某个梧桐疏影下的女孩，或者蓝天碧海下的稚气男生。它兴许是一个未能完成的远行梦，在我们踌躇的一秒从指间安静滑走；也许是一趟末班车，在我们谈笑风生的时刻黯然驶远。

有一天，在某个未知名的路口，听到音像店里传出相似的歌声，洞穿音乐和文字难以参透的寂寞，如似水流年掺上一抔黄沙，从发梢流走，任那伤逝的落叶，在空中飘来荡去无边无涯。安静而吵闹，熟稔而遥远，仿佛记忆深处那个靠窗的女孩。

2. 下篇

盛夏，最美的时光。

又将措手不及路过一个年华。过往的悲欢依旧盘旋在脑海，挥之不去有如亘古沧桑的经年。突然想念一场疯狂的旅行，背包，太阳帽，玻璃水瓶，格子衬衫。鞋子是武器，一路劈波斩浪，到我想去的地方。

那个地方一定种满沉甸甸的梦和守望，天的尽头是一望无垠的向日葵。在那里会有无数的梦落地生根，发芽抽枝。如这篇赋予青春之名的公路散文，在盛夏光景里种下，长出遥远慵懒的梦魇。在寂静的文字里，幻想走在渺无人烟的公路上，夕阳暖和，一半已沉入山穹，湖如月柿，环绕起粼粼波光。时光静美，且歌且吟，脚下的路一直延向它热爱的地方。

提起时光，是个琢磨不透的宝贝。无人知晓，她有多远，亦有多长。

北国之秋住家乡/明日天寒地冻/日短夜长/路远马亡。

要有最朴素的生活，与最遥远的梦想。即使明日天寒地冻，路远马亡。

一个海子，一个七堇年，清澈的文字，像最真的故事。转身南行面朝北，生命之羁旅，有变幻莫定的音符。旋律飘扬，铺成一片长天，白云之上，有歌唱的温暖冰凉的画面，是那一个又一个夏天。

那些个夏天，酷暑的天空带着天的泪斑。雨后初晴，告别一场淋湿的雨，迎接崭新的阳光。而这时候，你不能还停在昨天的地方。我们终要前行，且不知前途渺茫，会有什么等待着。至少会知道,止步不前,我们什么也看不到。

透过沾满雨露清澈的车窗,目送随时光一起后退的风景,生命被推向新的光景。麦子茶的味道飘散在空气中,扬扬浅浅一整个夏天的年少。仿佛我依旧带着十七岁忧伤的轮廓,踏着草香,天真地走上原野。一把雨伞,一只皮箱,是我所有的负担。提在手心,旅途的愉快和心境,倾尽所有地放在心上。

后来,记忆深处那些匆匆走散的女孩,有如这明媚的旅途上一张张最温纯惦记的照片。清晰如生,纵已泛黄。

日 记

I. 经年

告别的话 2010-6-15

[也许时间是一种解药，也是我现在正服下的毒药。原以为时间可以把一切风干，到头来才知，时间充其量是一把美丽的切梦刀，撕裂往复的美好，也愈合了荒芜的记忆]

那是高二即将离开的一个夏日，茉莉花充斥了整间教室。午夜两点，蜷缩在阴暗的角落里，把被窝蒙上。曾就这样无数次地避开了巡查老师神出鬼没的探照灯。然后，把音乐打开，塞上金属，修复每一天的梦。

那时夏日，有了秋的气息。一抹凛冽的寒风，从窗外贯穿而来，室友们在梦眠里，把被盖扯得严严实实。我睁开生疼的眼睛，仔细打量这个突然陌生的空间。但就这一晚，风舞窗帘，我那不眠的感伤才小小地倾漏而出。

那是一个周杰伦的歌声还充斥着整座校园广播的季节。

怀着对未来的忐忑，在《彩虹》的旋律中郁郁睡去。

小小年纪，总以为女孩子是那种乖乖的，会读心甚至偷心的小动物。我在我暗恋的女孩子的背影里，写下花花絮絮的心情。曾想喜欢上一个女孩子，是一件多么美丽的事儿。我含蓄看着明媚的日光，把似乎多余的思绪，藏进别开生面的笑容。

炎热而焦躁，那个夏季并不独有，却有着不同的感味。冰棒汽水泛滥在无数的课桌上，甚至铺张到了三尺的讲台。三寸阳光从窗隙打进来，瞬间花了脸，美丽得无以复加。她静静地坐在离我不远的地方，安恬地摆布文具，静静地就像从来没有存在过。

又是一阵清凉的风，把床头的蚊帐吹起，波光荡漾如同轻盈的风筝。我所思念的女孩的梦影，此刻交替地划过我的心房，不带一刻忧伤，亦不留下半缕清芳。如果时间是解药，为何我的心事无法愈合，那些曾经有过的辉煌璀璨的理想，轻轻地如烟飞逝。

凌晨三点，探照灯过后，把耳麦取下。上铺同学的梦呓不时传入耳畔，隔壁房间的哥们儿呼噜打得正酣。告诉自己该睡了，早上要英语考试，对了，早读要交的物理试题似乎还没写。

我油然而生一股不明何然的冷静，冷静得让我不再想这些事情。不去想，假装没事，更没有遇见那些叫我想念和困惑的人。没有想念，茫茫的明天就不会害怕。

明天她应该会来和我多说说话的，带着微笑用那风铃般的声音。她真的对我笑了，笑靥温和轻盈。我仿佛又遁入了另一个世界。

微凉的清晨，我把早餐带到教室给她。她一蹦一跳地跑来，整个人像在节日里。掩上那扇碎了半块玻璃的小窗，我思绪飘散，继续我的梦想。

我的梦想，是什么又在哪呢？我想好了就自然有了。

放弃与坚持 2010-6-16

[曾以为只要坚持，就一定会有回报。可欲求是无休止的战场冰冷的边疆。到头来懂得宽怀，对人对事保持一个度，彼此都会好过]

有一天，雨后彩虹没出。女孩轻声说，坚持比起放弃更容易。我低头不语，忆想起那个好胜好奇、给你一个点便完全可以臆想出整整一个面的年纪，生动切肤，仿似昨天。

诚如所言，放弃是人之一生都要重蹈覆辙的是非题，很多时候，彼此都忘记坚持还是放弃。不论选择什么，亦时常叹息，一再孤独地坚持，往往只为了一个繁华易碎的梦境。倘若一开始就望而却步，会不会都不那么累呢？

岁月刀割，该坚持该放弃的，我们都懂了，却又难以磨灭地重蹈覆辙。每个人是那样感性，感性到一定的时候，便甘愿成全那些裸露的错误。直到最后，被岁月拷打体无完肤。

可时光这头，事情的背后，都有一个幸福的理由。放弃与坚持，无怨亦无悔，只等青春先开口，道一场无果的自由。

灰白 2010-7-20

[心照不宣敌不过拥有，朝晨终要掩盖在黄昏后头，人们初识哭笑又重逢]

无病呻吟，浮华堆砌，所有可以形容一个懵懂少年的词汇都不过分。可聒噪的故事背后，真实而切肤。生活没有故事，就不会有结局和后果，亦没有了所谓的空洞的华丽点缀。敢问仓促年华，谁不曾莫名叹伤，不曾轻轻瞭望。

故我坚持，那些无关风月的喟叹，没有一个字是多余可浪费的。它们不被看好，却是那样适可而止地解释了一个少年一寸又一寸的悲伤。仿佛昨日的一幕幕飞也似的重现开来，如繁花盛放，逼真得就像是最初的经历。伴着青涩，带着小鹿般的心跳。

纵使华而不实，岁月已带过。

忏悔 2010-8-23

[我从来不会后悔，固执以为后悔只是脆弱者在现实

面前的屈服口供。可当忏悔如泼墨一般不留情面地打花了整张脸的时候，才疑惑为何年少的过错，要在年长后的时光里无限地弥补缅怀]

　　年青时固执的情绪，一旦自以为是起来，便觉天下都是自己的。不后悔，不服输，伪装出对于人事是非的顽强和坚韧，到头来只有流泪受伤。

　　记得高二末高三初那个踌躇不前也不敢回首过去的十字路口，那段岁月犹如亘古的荒蛮将我覆没。所有的意志铁马冰河般闯入脑海又蒸发消失，命途无休止地捉弄，在我身前大笑不止。站在残棋之外，不再有那时年少盘桓的心痛。只是偶尔想起，虚华的心境，依然禁不起激动时细碎的涟漪。

　　当下 2011-1-1

　　[2011，崭新的一年。过去已去，将来未来，高考之年，把握现在]

　　2011 年，是生命中最不平凡的一年。有人说是世界末日的前章，也有人说是刑满释放的眺望。回想 2008 年，举国欢腾的奥运落下帷幕，便整装待发神乎怡然地来到了这里，梦启程的地方。只是没想到，这个梦在路上随时会碎掉。当生活周而复始一成不变，当肩上背包陡然变轻，教室课桌堆积的书籍，严实不堪移动，当考试成为一日三餐,成为骨子里的养分,时光已来到春末五月。

伴随匆忙走过的季节,我们在路上,一起躁动,一起彷徨。

40天 2011-4-30

[高考40天,重温辉煌传奇,再习经典越野。惊喜想象之中,结局意料之外]

早在开学之初,便听闻学校要办越野跑的消息。听老师说,越野跑已尘封多年,今年为了强健学生体魄,更好备战高考,学校决意让经典重现。

五月的天,遍处是燥热的喧嚣。球场上奔跑的身影交错,挥下一身酣畅淋漓,告诉沉睡的人,生命当下依旧是热烈奔放的年生。一时之间,躁动和活力传染了整个高三年级。

可令人咋舌的是,作为"首批"越野赛获利群体的上一届,我们被荣幸发配在教室安安静静地自习。想是我们这般年纪,临阵磨枪多半是来不及,高考的种子要早早抓起,故而领导没有考虑进去。除了与时俱进认真读书,我们别无出路。我只是怀念,怀念,看着学弟学妹们在楼下树荫的操场上交头接耳嬉笑打闹的身影,仿佛我们又回到了从前无所事事的时候,在榕树下和别人一起看风筝的年华。

凉风拂来,压抑之中,突然很高兴我并没有和最好的年华擦肩而过。一切都值得，青春没有白活。这不属于我们的故事，又何必去掺和。

哨声中，那群阳光稚嫩的身影开始跑远。天依旧苍蓝，美丽无瑕。

自导自演的结局 2010-8-9

[To be other class，不论如何，坦然接受。我从不相信命途会有完美，也不指望幸运莅临，就让我不顾一切地走]

我的母校一个年级十个班。高二那一年，在年级唯一的重点班里度过。那一年17岁，夏天的榕树枝条壮实，树叶苍翠欲滴，秋日的黄昏变幻莫定，异常美丽。夕阳西沉的时候，喜欢在球场拼杀，也偶尔在运动受伤后，和朋友一起在操场上遛圈，周而复始，流连忘返。

在我的记忆里，那一岁有着一生中最湛蓝的天空和最飞扬的云朵。

但云朵之下，真实的生活辛酸苦涩。一个人淹没在永不消散的琅琅书声里，梦想背离的恐惧越发深切。害怕哪一天，我就这样默默无闻地淹没在这捉摸不定的人潮里，带着手中翻烂的书，留下我所挂念的心事。为数不多的光阴，义无反顾地挥霍在黯淡的黑板和栅栏般的习题簿上。阳光从窗外探进来，然后又探出去，我却从不知道。

那种撕裂般粉碎般剥离般的压抑与疏离，在胸腔里有如刀割，瞬间汇成冉冉波涛，从眼角深处滑落。

渐而久之，我有了离开的冲动。转班一事，和一概的叛逆事迹一样，遭遇层层阻挠和左右。老师，家人，朋友，哪怕仅有一面之缘的他班同学，都各执己见。那是一个既幸福又难受的时刻。未来的扑朔迷离，让我一次次在深夜里翻来覆去，和着那解不开的心结，招之即来，却挥之不去。

终于，在数月之后，我还是转班了，带着固执坚决和不达目的不罢休的骁勇。

不论青春安排了多少美丽动人的偶然相遇，抑或无波无澜深沉压抑的寒窗苦读，结果都于事无补地来到同一条归途。我的故事，在他们的青春往事里全无特色，可它是我的，只有一回，对于我比任何人都珍惜可贵。

只是年少轻狂时，负气地跑去球场打球，赌气地在大考前夜通宵游戏，挥霍地在馆子里放松绷紧的青春，却不曾知道背后有一群人为我担忧，却又故作无动于衷地隔岸观火。以至于多年以后，开诚坦露，才明白始末，知道那时的我如何放纵自毁前程。

年轻傲慢如我，都不把自己当凡人。带着冲动和神往，我离开了曾俯首一载的那间教室那块黑板那群人。心想会有另一个班，四季如春阳光灿烂，有我适应的节奏，有属于我的角落。这个遐想的借口，支撑了我心智涣散的时光。

尔后转班的结果令我沉默，安静得无以复加。我忍住想疯的冲动,安慰自己并没有输。

　　我告别了他们,那一年里彼此有过那么多美好的回忆。远离故班的那一刻,我踏上2楼的台阶,带着跟了我一年的课桌椅,木然走进了我的选择,开始我的半路青春。

　　不堪的青春,错误的青春,以至于往后的岁月又遇上了一群更美好更错误的人。他们给予我鲜活的记忆告慰我寒冷的年华,最后却用一场离别带走一切。

　　在凝滞的眼神里游走,我静静地坐下,不敢和他们对视。我好害怕。

　　彼时的我,还是那个心高气傲,自以为栋梁之材的我。任何辛辣的反语都不能捍卫那一刻我的沦丧。我才终于明白,转班于我而言,不论去到哪里,都是末路穷途。我不可能回头。

　　好一个三思而行绝不后悔的选择。那夜眼泪无法幸免,凌晨的侧脸枕在濡湿的棉枕上,我真的后悔了。我不知道我为什么转班,为与我青春羁绊的人,做一场高烧不醒的梦。梦的出口都已成真,而我孤身一个人。

　　我还是被遗弃了。我不知道幕后是谁遗弃了我,会不会就是我呢?命运这臭小子又一次放了我鸽子。隔壁班的同学把他的播放器给了我。午夜按动熟悉的键,听起熟悉的歌,直到苍空放亮,大脑空白。

　　敲下这段文字的时候,是烂漫周末的午后。夕阳染红了半边天，打下字正腔圆的段落，顿时"光芒万丈，人格伟岸"的假象，像窗外如火的斜阳吞噬了我。

我就是天才，不论遇到什么都能收放自如，自我行骗的天才。曾经，我何曾没有回想过，我在故班里压抑却张扬的日子，以及老师和同学们给我的帮助和感动。可是我已无从改变了，作为一个已经让改变发生的改变者，回不到过去的平静。和迷路的人一样，失去了前行的快乐和自由，在原地颤抖，相信什么又质疑什么。

我开始幻想，幻想如果没有转班，幻想如果不那么年轻气盛，幻想如果乖乖学习，当个好好读书的老实人，幻想不曾伤害那些被我伤得遍体鳞伤的人们，幻想不去惹她难过，幻想我不曾遇见他们，幻想我并不是一个天才。

可事实我就是一个天才，一个让自己难过和绝望的天才。自此不苟言笑，习惯独自待在安静的角落里不出声响。

那天午后，阳光单薄，路过熟悉的音像店，听到她唱过的熟悉的歌，不觉泪眼斑斓。青春的折腾，安静地告一段落。

高三 2010-8-24

[耳畔想起老师惊天地泣鬼神的至理名言：一切抛天外，唯有我存在。此等的境界和修为，何时才能到达]

十七八岁的夏天。

漫天飘飞的白色试卷，打翻一道道无辜的风景。在每平米一盏100瓦高照的强光下，拽着憋足劲儿步步高升的视力尽情挥霍，换取那遥不可及的成绩。

　　那一年，我十八。肩膀尚软，羽翼未丰。在过早历练了太多纠葛离殇之后，倦怠疲惫地走向未知的高三。有名敬爱的老师，嘴上总爱叨念一句话，一切抛天外，唯有我存在。每逢大考小试，都务必和蔼地嘱咐全班。时至今日，我依然对所谓教育嗤之以鼻，却不得不由衷感谢他。是他，在我兵荒马乱的高中年生里，刻下了和蔼慈祥、殷切护航的声影，任岁月无法吹散。

　　进入高三，成绩跌落，后来落定在某个并不显眼却又算是中上的地段，想走出那片泥潭却无能为力。不单如此，高三全年便都原地徘徊在这个区间，到最后干脆无所谓了。可实际我怕，怕到头来什么都没有，任掌声换作毫不夸饰的拳头犒劳自己，妄想潇洒斩断藕断丝连的回忆。

　　回到家中，那抹负罪情绪愈显深重，压得喘不过气。可亲人始终是我背后的港湾，叫我知道，即使变得一无所有，我依然还有他们。累的时候我可以回来，还是他们的乖孩子。

　　如今我倒挺怀念那段勇敢流泪的岁月。纵使不论当时当下，都觉得流眼泪是那样幼稚和没必要。当泪水涌出眼眸，水晶一样绽放，瞬间冲淡一切。在泯灭的青春里，已退格成一幅幅泛黄的剪辑。如今的我已找不到一个充分的流泪的理由了，因我不再青春。

怀念 2011-2-19

[这几年来我都习惯，即使负伤，脸上依然晴朗布满阳光。习惯活在自己的世界，却在孤独的深渊下被顽固的水草缠住无以自拔]

陌生的城市让人想哭。身置刺破云霄的钢筋水泥中，昏沉沉的压抑囚禁周身，紧绷得快要炸裂开来。站在茫茫人海的交接点，突然就忘了该往哪去。

那段风雨如晦的往事，那时的天那样不合时宜的湛蓝湛蓝。

十八岁那年，在缅怀高二和抗拒高三的浑噩消颓之中飘过，在万般孤独和落寞之中回首过去的纷纭繁复，在少不更事的人心和手段纠葛之中喟叹人世芜杂。忘了我所慕之人，在纷纭岁月里去了何处，时至今日，亦无心过问。

那段我一生中最内向自闭的时光，除了隔壁班那个最好的朋友每天课间找我玩，傍晚迎着夕阳独自去球场跑步，其他别无乐趣。像宣纸上一记格格不入的败笔，一个人过着隔绝的生活。时间一久，常好奇努力如此，成绩依旧不见进步。可静下一想，心根本不在教室。也许在楼上的班，也许在塑胶球场，也许是在那棵宽硕的国庆树下。恍若躯壳，心不在焉，又怎能如愿？

然而事实欲盖弥彰。

排斥教育，反感功课，抨击制度，却拼命用功，是我高三的全部。莫衷一是，朝令夕改，瞻前顾后，草木皆兵。习惯埋头丛书，习惯夜以继日，习惯周而复始，活得兵荒马乱。像一团烈火，在黑夜里放肆地燃烧。

II. 流火

一场华丽 2010-9-30

[生活是不知不觉的突然，青春的末路就要散场。那时身边的人都不在了吧？而失去，正如她说，是一种亲切温和的必然。不论未来何许，那时的人，恐怕今生再也不会有]

遥想起在我前排的女生，每天战栗地从书桌里摸出一打药来，我看着听着于是大口大口咀嚼手里的包子和牛奶。

我想必须要吃好养好。那些药，该是医院来的，一吃便是一个礼拜，我千万不能生病。

同桌美其名曰"牺牲"，用了三天两夜，分好几个章节，来分享这永恒却并不遥远的话题。直至后来，在班主任的意外开恩下，晚上七点，集体看了一场新闻联播，方才顿悟，我们的噩梦，指不定只是别人眼中的小儿科。

君不见国家重点省重点，哪怕一个普通得不能再普通的高中，都出现家长陪读；君不见满教室打点滴的同学，一个接一个离开，又一个接一个焦急地回来？

众人安静了。还有话想说的，等把眼下这张联考卷摆平再说吧。

那时一想，便觉学校是个荒诞的国度。我们所谓"高傲高贵高远高深"的目标，其实路来平凡，不就是为了上个大学？

大学绝非赚薪水领工资的地方，从未上过大学的我们，为此悲愤刻薄地讨论了一个晚上。然而，长夜过后，我们依旧心甘情愿夜以继日地拼命用功，甚至所有人都忘记反抗。

我所敬畏的大学，在我阅历丛书时，有过模糊的理解。那是一个五花八门小题大做勾心斗角，提升所谓综合素质个人能力，朋友满地挚友无几的地方。我知道的只有这些，兴许这些已经够多。尽管如此，我们还是削尖脑袋一个劲地向它杀去。除了它，我们无路可走。这条路是桎梏在师长嘴里的高薪好就业的康庄大道，它注定是除了官二代富二代星二代之外的人唯一能走的路。

一起走吗？

云朵之下，那个男生站在梧桐树下，对着塑胶跑道上缓缓走来的花格子寸衫的女孩轻轻说道。

你先走试试看，女孩冲他咬牙，笑着跑了过来。两个身影很快消失在教学楼的转角。

此时,我们麻木地趴在二楼的阳台上,准备迎接待会儿的一模。

最后开学 2011-2-9

[开学了,意味着要想痛快玩耍,只有等到一百多天高考过后]

6月9号是什么日子?

同桌说,复活节。

毕业前纷纷扰扰那几年,头顶有最绚烂的星光。后来回首遐想,这些年,似乎我们从未真的活着。终于知道,离开了母校,我们会是多么依赖这里曾经想要独立的一切。我们天真的想法,所谓的个人能力,在外面的世界看来,是多么可笑。

我所预知的开学后的最后一个学期,将不再有一个毫无压力的夜晚,可以开开心心地敞开心扉;不再有朋友兴致勃勃跑来班上,叫我陪她吃水果;不再有一个人在我孤苦无助的时候,放下手中所有烦琐,了无牵挂地开导我安慰我。

后来我才知道,是我把一切都想得太过可怕。

还真就有这样的人,在一个兵荒马乱的晚上,给我没有压力的心情,在课间捧着一包零食给我;在我万般无奈迷失在十字路口的关头，把书丢到一边，坐我旁边无边无际地畅聊我们的话题。他们叫我知道，没什么好怕，它只是一场高考。就像一场高烧，会有好的时候。再大不了，重新来过。

纵使岁月荏苒，他们散落天涯，但给我感动和幸运的人，我会永生铭记。他们叫我知道我依然是一个值得被爱被关怀的人。

角落 2011-2-19

[幸与不幸，都是我的生活。自知卑微，便只想活在自己的角落，可生活却没有想象那般简单自然]

缘于故班年级重点班的身份，进入新班级后，我的融入没有想象那么快。年级对故班的印象，不外乎应试教育的结晶。每个神经兮兮的瞬间，像银针挑过细致的皮肤般敏感。我像一只蜷缩的刺猬，自闭的同时，也无情地将长刺指向了他人。一切都那么顺其自然。

所有人对于我都是陌生，没有人会搭理我。而我则随心情好坏，主动找人说说话解闷。有时趴在桌面上，在笔记本上写一段晦涩不堪无痛呻吟的字句打发时光。

二楼的阳光，来得比一楼灿烂。午后晾在阳台上吹着风，享一天之中惬意的孤独。偶尔来了一个往日相识的女生，会和自己一起吃小熊饼干，边傻笑边感叹如今的生活。

树叶轻舞,温存的阳光薄得透明,这样的记忆,多一秒都好。

　　生命却在此时突地冒出一个无关紧要,却又死活赖在生命裂缝上不肯走远的角色。暂且叫这种人"杰出人才"吧。杰出人才,专业的学习机器,三番两次出现在我的视线,阻隔了我幼稚且执着的"如何把一个女孩子追到手"的人生思考。我愤怒,一个天才的构思就被你小子打断了。

　　心无它想,我看轻他。不屑于勾心斗角,注定等来变本加厉的挑衅。在这样一位杰出代表的鼓噪下,生活平静之中有了一丝波澜。冷漠,隔绝,那个年纪那段往事庸人自扰多愁善感的心事,一步一步造就了我的沉默内向。所幸不久,我渐渐有了朋友,变得爱说爱笑,性情也开朗不少。

　　二楼的阳光很是凄美。多年以后,依旧嗜好回味高三那年二楼的花刻时光。那个走廊神秘悠长,趴在栏杆上,可以看到最青的树林和最长的通往高一高二教学楼的青石花路。

　缝 2011-1-29

　　[寒假降临,仅有十天。人心惶惶,如坐针毡。唯有作业,不动如山]

　　高三这年的寒假,算是这一生中最短的寒假吧。一周多许,面对堆积如山的作业模拟卷,真心想问老师,敢情你高三,该情何以堪。

看书学习的中心，无疑是恼人的洋文。我洋文其实并不是很差，场均 115 分上下，因此倒不见得我有多爱国。但比较见真理，童鞋们 120 分以上者众，我不得不妄自菲薄。

　　分享一个小秘密，我乃情绪学习之典型。学习如挑菜，对一门科目的冷热亲疏，很大程度取决于授课老师（物理除外——对物理的讨厌是自内而外与生俱来的，林志玲教我，我也不会喜欢上物理，除非再加一个蔡依林）。可惜的是，除去高一的英文老师，高二高三的我都不太感兴趣。尤其是高三的，冷酷干练的风格，完全扼杀了我的热情。但偏就是这样一个可敬可亲的角色，后来把我逼到了 130 分的场均。此处省略一部书。

　　闲来无事，趣从中来。那个年纪害怕孤独，害怕寂寞，贪恋幻想，热衷创造。一群人说着一打幼稚的话，做一揽子秀逗的事情，快乐得像一群小鸟。它曾是我的骄傲。

可爱的大帅 2012-12-3

　　[话说这一日，西门吹雪（我）和叶孤城（大帅）出现在一片浓密的森林中。电光火石间，天空中出现一个美丽的仙女。顿时叶孤城出现了严重渴求。这时，西门吹雪借机以超乎想象的速度飞了过去，却突地身边绽现一道光芒。这不禁吓我一跳。

　　西门吹雪的反应相当了得。就在那一刹那，他一个急停外加后转身向外，退了十丈有余。叶孤城方才反应，以不可思议的速度扑了过来。不过为时已晚，西门吹雪高高举起他的手，标志性投篮射出。球以优美的弧度划过天空。球进，西门吹雪完成了绝杀。

这时，他再看叶孤城，却不见他的踪影。突然，在一棵高达百丈的树上看见了他。斗睛仰望，西门吹雪昏死过去。原来，叶孤城球场失意，情场得意，竟和小仙女弑魂在一起。叶孤城以一种玩味的眼神，看了看西门吹雪，抱着仙女归去。西门吹雪卒]

无所事事的暑假。

我最好的哥们儿写给的文章，数百字笔墨，笑抽了我。我成了叶孤城，这个嘛（旁白音：自愧不如，自愧不如）……明明我应该是西门吹雪才对呀（你还真谦虚）。

那年暑假，在一小的篮球场上溜过，简单快乐的酷暑，一盛夏篮球的回忆。

话说那晚夕阳如血，大地之上静谧无风。偌大的球场上，杀气腾腾，令人闻而生惧，四周百里之内……咳咳，有很多很多人，若无其事地打着篮球羽毛球什么的。

我和西门吹雪打得正酣。不料一番苦斗，轮到他进攻。只见他双手有如飞刀，快似闪电，篮球在他手里飞转，不时腾起凉风，直教周围看客眼花缭乱。

但老江湖就是老江湖，我叶孤城也不是吃番茄炒西红柿长大的。任你西门吹雪花招百出,我自横刀向天笑,直接给你一大帽。霎时,扑地一声,吹雪的虚晃已被我成功识破。正欲投球,见我右手高高抬起,顿时马失前蹄,于是乎,球在空中惨遭压制。

四十回合许。叶孤城单刀直入,不敌西门吹雪遍地开花,开始招架不住,退居后尘。引刀成一快,不负少年头。西门吹雪乘胜追击,身形剑法诡异,有如梦境。叶孤城气血飞扬,仿似一头战败的雄狮,战斗到最后一刻。西门吹雪解数用尽,两方元气大伤。

战局陷入空前绝望的拉锯战。美人坐镇,叶孤城乃性情中人,挂念佳人,斗志消弭;西门吹雪却是傲然独立,不为所动,更显聚精会神。

不消一炷香的时间,吹雪一锤定音,叶孤城兵败,却如愿博得美人欢心,抱美人而去。大战告捷的西门吹雪,背负凄风苦雨,不久抑郁而终。

是夜,叶孤城隐遁于世。后世人皆以为二人亡故。

III. 尘喧

懵懂年生 2011-3-13

[现实铺设好铁具,将一个孩子打造成世故的人。褪去孩提的面容,单纯的人不再单纯,懵懂的人不再懵懂。时常在梦境里,梦见曾经的你说,仰视天空只为让眼泪流

不下来。说好要陪你远飞,才发现给的翅膀已成多余。年少的伤烙在心口隐隐发烫,风轻云薄,便挥手别过]

很久无从忆起那时候的我,有过怎样华丽的臆想。喜欢用十七岁十八岁这样的字眼,配上忧伤的青春字眼,寂寞一词不甚好听。只是寂寞,因为寂寞,那些华丽的辞藻才会层出不穷地涌现不肯方休。

也因为懵懂,我以为就不会被未来将出现的一切邪恶肮脏所腐蚀,一度欺骗自己是一个不会长大的人。兴许因为我那个时代遇见哪怕爱上的人,都是那么的单纯简单吧,让我拒绝了围墙之外复杂的功过是非,孤立了世间的人事沧桑。像在幼稚园里,备受呵护,却无从知晓。那时一度希望永远的孩子气,到头来才知,成长的痛楚,莫过于在现实面前,被迫一步步走向四通八达的社交和人际。

不想长大,于是便悄然长大。自然贴切的过渡,一切都命中注定。

迟到的明白 2011-3-20

[他人愿意帮你,是一种恩赐;不愿帮你,是理所当然]

过多复杂的情绪哽在咽喉,那些因为错误的判断,一意孤行所致的大错早已回天乏术,只留下印迹斑斑的伤口。这个世界,我们有多渺小。所有给予我们的爱,都是珍贵而不可多求。即使是一个陌路人不经意的微笑,亦是不可多得。

　　助与不助自在情理之中。因为懵懂，那些出现在生命里的人，白驹过隙，或形影相随，有扶我起来，有让我倒下，亦有推我一把，鱼龙混杂，善恶难分。我不明白为何我对他人付出了如此多，他人的回报却是那么吝啬苛刻，就像从未有过感动一样。不明白为什么奉献不是双向，不明白心与心的交流，会在微笑的皮表下，隐藏那么多的间隙隔阂。

　　但明白之日，海阔天空，阳光遍野。

　　你我本是一个努力中的角色。对于生命中出现的每一个人，我都想说应该被珍惜。因为你对我的种种感情都是那么毫无必要。也因为我毫无防备地被你感动，所以我必须也让你由衷地感动。

　　或许这才是冷漠表皮下人性应有的温暖。

会考 2011-4-17

[10科会考，9A1B。10A 目标已成枉然。心情低落，像沙漏一点一滴流走]

　　有人说，时间是最伟大的治愈师。它宽大的手掌，能抚平世上的一切。包括曾经触目惊心、无法逾越的痛觉和刻骨铭心耿耿于怀的心跳回忆。

　　站在如今的山丘，回首那个起伏的十字路口，纵然亲身经历，却再也寻不回那年那种胆战心惊的彷徨。当走过高考，穿过沼泽，回首才知一路上的顾虑彷徨，是那样无关紧要，不痛不痒。只是那时候的我们执念太天真。天真得无以复加，像是一群流浪街头的小孩，喜欢每晚抬头仰望星空，虔诚的模样纯洁如花。但我不会选择嘲笑当年的自己，那个多愁善感、郁郁寡欢、患得患失的我。

　　因我还有记忆，切肤的记忆灼烫而绵长。那个上到模拟考科科对比，下到课堂练习步步对照的高三；那个上厕所必备可以忘带手纸，但绝不能没有书的高三；那个勾心斗角你追我赶却又互相鼓舞并肩作战的高三。每回忆起，都带着小鹿般的不安。

　　时光果真抚平了太多创伤。只有等体验一次，重来一回，才会痛觉苏醒，那时多么身不由己。在那个患得患失的"应试程序"里，比较似乎成了亘古的真理。不论自己多么优秀，只要没有胜过你的目标和对手，便是失败者。

　　这样病态的环境模式下，真真切切的情谊悄然枯萎，只留下没有生机和语言的较量。时间很长，胜负之分，决定你快乐抑或沮丧。这样的心情会持续到下一次对比机会的到来之前。

　　我相信这种对比并非源自性格。高压环境下的种种扭曲，我们都记忆犹新。但最后却从不伤及感情，反而让彼此有了更坚强的力量。

你们呢？

天真 2011-4-17

[折翼的梦想，又一次输给现实。未完的剧本，待续的人生]

高考越来越近的日子。班上为活跃气氛，改善同学们课余生活，班主任把每周一次的班会课用作文艺表演。

我是表演活跃分子中的一个，唱歌是我的家常便饭。因为连续开唱，大家打趣说我在开巡回演唱会。有一次，旧事被重提，心中感触甚深，便打算写一个剧本。

故事主人公是朴颜和许浪。剧情构架在身边人的高中生活之上，由于时间和篇幅有限，我只写了两千余字，因而剧本情节不甚具体。但跌宕的情节，依稀可以影射出过去年华的脉络，以及平行时空下我和他们真实的生活。

为给人生第一个剧本造势，我在演唱之后当众宣读了写在歌词本上的一首小诗《我们的田野》（此田野非彼田野）。剧本在两天之后成功出炉，我开始心急火燎找演员。情节安排，男女主角各一个，外加一个旁白。可是，在后期的招募中才发现，时间是那样匆促。其实我知道，来不及的何止是时间。

我的"出逃"，令我损失了近乎一个班的朋友。而在我原本不算宽阔的人际圈里，能够找到的同学，也是屈指可数。后来发现，在最后两天的准备时间里，找到演员更是难上加难。我曾找过几个要好的女生，她们碍于交情，一直拖着，后来无奈，只好拒绝。坦言难度太大，故事未亲身经历，排练要很久很专业，场景布置很难。还有，高考将至，复习早已焦头烂额。

　　我表示理解，心中温暖如春。感谢她们的犹豫和忍耐。末了，剧本已报上去，我开始在大脑中搜罗所有关系硬朗的男生女生，却是难以启齿，原地踏步。事情就这样搁浅。

　　我甚至在最后一天的中午，想过在体育课上询问几个认识的正读高一高二的女生。毕竟她们年轻，朴颜也很年轻。年轻就是一切。这个幼稚的想法，伴随我欢呼雀跃打起了篮球全场而无疾而终。打完后，我忘得天昏地暗，什么感觉都没了。

　　那天晚上，我失落地趴在桌子上发呆。明天就要演出，我要如何筹备？

　　第二天，班会没有文艺演出，班主任用来开会和自习。班干们也觉得高考将至，演出没什么必要了，课后跑几圈，同样能达到放松和娱乐的效果。于是为期不长的文艺演出时代，就这样宣布结束。

　　童鞋们对此莫衷一是，我暗自庆幸。

　　我的失败被突发"政变"掩埋得深刻，不露一丝痕迹。所有人都认为我被剥夺了机会，才没法看到我的剧本表演。

只有我知道，我是多么幸运。若非如此，失败的将不止是这个未完的剧本，还有我的信仰。事实给了我完美下台的梯子，我踩上去是那样踏实。因为我努力过，所以无怨无悔。写剧本同时也是自己的一大突破。很高兴，同学们都相信我，期待过我。

如今那段美丽残忍的青春，已无处诠释出来，但我还是轻松地笑了笑。心境恬美，如阳光打亮满片山野。也正是第一个剧本的创作，决定了我今后人生的走向。我开始了写作，并以低调而灿烂的方式，纪念我的生活彼此路过的青春。

Ⅳ. 困兽

跨越 2011-6-9

[如烟往事俱忘却，心底无恨天地宽]

这一天真的来了。

日期显示 6 月 9 号，高考结束的第一天。

那段彷徨的时光，始终谨小慎微地站在风火线上，埋头堆积成河的习题练习。心里明白并没有多大多小的忧伤，不过是一些多愁善感的惦记留恋罢了。即将告别旧时光，告别懵懂和单纯，告别我牵挂的朋友，告别我敬爱的老师，告别一去不复返的音容笑貌，告别感动彼此的一草一木，一叶一蓝天。

身后是一些零星的片花,跟前是破釜沉舟的一战。血战过后,或许我们还笑着,或许在题海中迷茫倒下。不论结局如何,我们都已来到了这一天。

高考来了。真的就在对面,微笑地看着我。寒光抖擞,却又深藏莫名的温暖。

度过十七八载寒暑秋冬方才盼来的高考,每天为这两个字眼拘束,限制,禁锢,不敢疯玩不敢张狂的高考。

18年,就为这个。

18年来,无论中途留下了多少拧不断碾不碎的青春花絮和少年心事,通通不肯留恋。走的时候,烟消云散,即便往事不如烟,也无从打捞。晒满忧伤,却不知道伤在何处。告别多愁善感强说愁的年纪,未来就在眼前,自己却不肯离开。这里的每一寸土地,都留下彼此的欢笑,汗水和泪花。

从高一的十科大军,到如今理科物化生,文科政史地,各加语数外,来到高考足下的只剩6科。就是这6科,让我们在高一三分之一的时间里,完成了高一三倍的功课和学习。

别了,可恨可爱的学科。辉煌一时的政史地,愁云惨淡的物理,大起大落的英文,一切成绩好坏与授课老师息息相关的功课,再见。

三年里,遇见了多少好女孩,结识了多少好哥们儿,感叹了多少得志与不得志的老师，写下了多少美丽缤纷的笔记。我们都在，一起走过的旅程，原来并不孤单。整个高三，我的身边都没有出现那样一个女孩或男生，每天陪我看书陪我跑步陪我吃饭陪我玩陪我闹。我曾异常害怕这样的生活。而如今一晃竟已一年走过，我还好着，人们也好好的。没有你们，原来我还可以过。嘿，最近过得好吗？

  我们从不孤单，一个年级上千号人一起并肩战斗的这一年，每天都在一个地方做一件事。为前程，为高考，竭尽全力，奋不顾身。我不再诋毁体制的形象，也不再反复质疑它的分量。它是那样可亲可爱，正如母校高考那天高挂的横幅：感谢高考，努力高考，感恩高考。

  三重门的最后，不再是当初年少无知的批判，而是满怀深切的感动。一刻不能停缓，情绪无以复加，就像明知道自己要离开这里，去往远方，挥别我的旧青春旧时光一样。

  高考的第一天早上，我穿上最后的夏季校服，早早走进教室，走近自己书桌。这块方圆，给过我太多珍贵的惦记和感情，我不禁多看了它一眼。左边是沉默寡言的同桌，我耐心地看他一遍又一遍地检查自己的2B铅笔。右边是我的朋友小暖，她突然就感冒了，趴在桌子上照镜子，悠闲得似乎一点心事都没有，又仿佛经历过一切。

  时间走得好慢，但还是晃眼跑过。站在一楼的教室前，我知道，当我走出这间教室的时候，要么阳光灿烂，要么烟雨阴霾。宫玄走过来,拍了拍我的肩膀。我告诉他,加油。

　　随后的考试让我大跌眼镜。面对步步为营的考题,做得那样随意,一点紧张感也供应不上来。我想我是麻木了。习惯了考试,真正高考的时候,却早已激动不起来。

　　于是我意外地带着不悲不喜的情绪走出考场,就像只是做完一次寻常的模拟考。没有深切的惦念,放心地离开。

　　走廊的窗外,阳光正新鲜。

青春不白过 2011-6-9

[难以想象,昨日此时,人们还在放手一搏。一切恍如梦境。高考就这样结束,没有预想的刀光剑影,硝烟弥漫;也没有喜极而泣,天下大乱。她像一面明镜,像一汪湖水,一副岁月静好的模样。到头来,高考也不过如此,但愿最后能上中国传媒的分数吧]

　　我曾以为,人这一生最犹豫不决的两件事,其一是情定终生的爱情与婚姻,第二件便是高考过后的志愿抉择。

　　高考过后,张狂的理想和奋斗,似乎在这一刻戛然而止,整个人变得无所事事。每天带着一副躯壳,徘徊在球场和电视机前,享受初来乍到、生疏异常的孤独。朋友和同学在一夜之间纷纷散去。十几个小时之前,还是书声琅琅宣誓声不绝于耳的教学楼,此刻沉寂得像脱去了生命,只剩一副苍老的面容,仿佛带走了我们浩浩荡荡的旧青春。

离开了三年的地方，回到家一切都变得安然寂寞。开始认真回想这虚度抑或充实的三年里，那些年少的殇乱和待解决的往事。高考那两天那样平淡无奇地考完了，平静得仿佛我没有经历过一样。

高考落幕，真正的考验时刻才到来，便是查分填志愿。想起中国传媒的字眼，忽忆起那些年的那些理想。

最初的梦想，是很多人都曾梦想过的清北。高一时成绩特争气，一个年级近千号人，还是省里出类拔萃的中学，始终名列前茅。

夏季里一个洋溢茉莉花香的夜晚。下晚自习最后一个离开教室回宿舍，刚关了灯出来，走廊上老师眼神坚定，鼓励我心向北大。我自知不太可能，却是感动答应。于是，这成了我第一个理想。

高二，同学们开始牛气冲天聊清北科大这些事。我成绩靠后，亦无心向学，终日游走在发呆边缘。老师跟着急了，说目标得改，那就厦大吧。

这个梦想一直顽固到高三。不，是高三快结束的时候。

有梦真的好，可现实未必成人之美。高二那个凄厉的暑假开始，不论我如何逼迫自己努力，成绩依旧缓缓后退。不停地退，以至于我一度以为我是吃坏了东西瞬间变傻了。以一个努力程度年级前三十的付出，用专心程度年级末三十的状态学习，最后我总是游荡在一百名前后。老稳了，原地踏步，厦大梦遥不可及。

　　结束这个不着边际的幻想，是在高考前最后一个月。成绩已定型，我知道，就算高考我黑马了，也绝对黑不到厦门。

　　那时我有剪报纸的习惯。心细的小暖，突然有一天说了一句话，你这么喜欢报纸类的排版、编辑、制作和美工，你的理想应该是传媒。

　　这个说法和我隐匿心中的想法不谋而合。她确实是个能看穿别人心思的角色，很不简单。我早有过打算，只是那时缺少果敢。因为害怕失去更多，而选择固步自封。

　　终于我勇敢地把目标调到中国传媒大学。从2010年高考录取情况看，我的分数貌似可以一试。这个最后的理想，支持了我高中最后的时光。

　　感谢那是她，在我迷路的时候给我希望。感谢那个理想，让我不再在与厦大无缘的阴影里彷徨。感谢那些年的理想，让我的青春活力而张扬，并有说不完的故事可以说。

　　尽管事到如今，我在重庆，尽管说来话长。庆幸我告一段落的青春，没有一刻白过。而此刻面对一段待续的青春，你们也准备好了吗？

　　Now，or Never 2011-6-15

　　[小牛战胜热火，才知有一种残酷叫比赛，有一种力

量叫团队。时势造英雄,英雄造时势,两种立场针锋相对势均力敌,最后却以三巨头不敌草根英雄收场。想要成功,到底英雄主义重要,还是团队精神呢]

早在高中,就开始关注篮球和比赛。远在大洋彼岸的詹姆斯,初入联盟,便彰显超时代的个人能力和领袖水准。可惜克利夫兰七年,没有戒指。

后来,背着罪名远赴他乡,詹姆斯来到迈阿密热火,和韦德波什组建三巨头。新赛季从最初磕磕碰碰,到后期风生水起,一路坎坷不断,愈练愈强。当世罕见的天赋和实力,让这支豪阵之队高姿态挺进总决赛。面对小牛,胜算很大,冠军几乎唾手可得。

无奈风云莫定,小牛异军突起。几番周折热火还是输了,詹姆斯的冠军梦又一次流产。

失落如同秋日无边的落叶。多少人捶胸顿足,慨叹时光,不仅是对偶像的关注心疼,还有我们一去不返的青春追忆。

三年来,篮球伴随一路成长,从未在我的生命中离开。那些岁月里的篮球疯狂,激励我勇敢面对一切。每逢月考失利,几个兄弟便结伴去校外米粉店看早上的比赛直播,在学校高压锅式的紧张里短暂解脱。明知最后还是要回到现实中去,面对那堆积如山的习题和作业。可视线离开众人瞩目的28英寸电视那一刻,我已浑身充满力量,用一首歌的时间簌簌地把米粉吃干净,起身拍拍屁股,坦然回到那兵荒马乱的地方。

和所有追星族一样,我也痴迷于买报纸海报书刊光碟。与他们大相径庭的是,我不会因为这些牺牲学习和休息。外面的精彩终究在外,生活终究自己做主,没有人值得你耽误青春做无意义的事情。可精神的力量难以估摸,我始终相信,功课失利时,一场赛况直播胜过听20场千篇一律的励志演讲。

论团队英雄,致未来人生,话题未免稍大。但兴许是真的难过,才会忍不住发表这些言说。有时候,人会傻到把自己的命运和偶像的周遭紧密联系起来,渐而失去自我。但詹姆斯是明星,我是一文不值的学生。我们之间有不可逾越的差距,崇拜归崇拜,我依然要过好自己的生活。

兴许我该欣慰总决赛的最后几场,在高考之后开火,不至于影响我高考的心迹。考前最后几个朝夕,过着与世隔绝的生活,冷静清醒,才有了高考的黑马奇迹。

考试过后,等待成绩的日子,漫长而难熬。每天像熬粥一样迷迷糊糊,浑浑噩噩。热火的冠军争夺战,自然不可错过,但也正是这样的关注,令我对战情的恶化担忧,渐而转移到我那尚未面世的高考成绩。热火一路辉煌,却折戟沉沙,难道我也会失败?

如若失败,必当补习,进入高四。无法想象重新来过的一年，那会是绝望的暗流，将我带往不知名的死海深渊。

　　成绩什么时候才会公布呢？我怀着这样的恐惧和期待度过考后的一天又一天。

不就 2011-6-15

[剪报纸，读小说，看电视，打篮球，每天可怜的四件事。想象不久的将来，前途一片迷茫，会不会是不就的未来呢]

　　平静无波的生活，漫长的孤独假期。

　　一个人的时候，想起刚过去不久的往事。突然惊醒，原来当初齐头并肩一起专研，一起努力，还不忘叫对方加油的时光，才是真正的解脱。那些曾经抛之脑后的愉快与不痛快的往事又一次拿起，却再也放不下。

　　平静无奇，周而复始，生活千篇一律，唯一让我欣然的便是剪报纸。这是高二以来我最常见的玩意。怀想从前一星期买两份娱乐周报的日子，好温暖，好熟悉，似乎就在眼前。想着想着视线便有了潮湿。报纸看完，大肆操刀，把喜欢的重要的东西剪下留住，其余废屑，通通交与垃圾箱处置。初级工序后，细心给剪好的报纸规划布局，贴在全新轻巧的笔记本上。在周围写上一些文字随笔或插图漫画。班上的女生总说我心思细腻像个女生。

　　这个低端的比喻，令我受宠若惊。能被女生从心灵手巧的角度比作女生，是一件幸福的事。纸张清脆，催人泪下。那些旧时光里的笔记，如今已经远赴千里，陪伴我来到重庆。它们从未离开，在我每个黯然神伤，怀恋过往的时候，静静安慰我，告诉我一切会好的。

当初的愿望还坚持吗？当初的理想还追吗？透过时间，我深锁眉头，反复问青天。却在苦恼之后豁达抬头，活着就有可能改变一切。这些年少的记忆有如背包覆在我身上，陪我一直走，抵达一站又一站。

可当我自知读传媒大学的希望一天天渺茫，我是那样凄伤。那道在迷茫中找寻希望的痛楚，像酒精处理的伤口麻木荒凉。而眼下偏就整天无所事事，原地苦等，便觉对不起所有人。害怕不久的将来，成为不就的将来。

唯愿改变自己，让自己心安理得。

起点 2011-6-27

[暑期打工，随车送货。劳碌乏力，怡然快乐]

盛夏炎炎，桂林温和的气候，不与重庆一般见识，但发起烧来也不是吃素的。午后送货车的驾驶座，瞬间把人烤得通红。被太阳暴晒的铁栏，散发出浑重的金属气息。

那个夏天舒心得无以复加。云静风轻之时，疲惫地靠在驾驶座的窗旁，静望窗外星星点点的行人和收拾路摊的小贩。归途黄昏柔和。多么幸福的一件小事。

从小到大，除了家便是学校，两点一线，我很少出远门。高中时，偶尔回家，一路赏风景听小曲，记忆漫长而温暖。他们说，世上最辛苦的是监狱的牢犯，学生其次。走过了这些个春秋，站在三重门外，却已不觉书生苦。于我而言，苦是学业压力和花季感情两株藤蔓植物的彼此纠葛。全因那些浮夸的无所谓有无所谓无的争强好胜，爱恨嫉妒，让本该简单朴素的学习，变得劫难多舛。

曾经，我们叫嚷宁可备受形体煎熬，也不让思想蒙受程序的摆布。那样天真的想法幼稚无知，却分外生动，仿佛活生生站在我面前，对着我横眉竖指。在我即将离开母校的时候，我知道，从那以后，将不会有固定的同桌，固定的友谊，固定的回忆。如今看来，当学生还真好。

挣脱浮想，我静静看着窗外。打工成了未来人生的第一站，我要借此勇敢走向未来。这样天真单纯的想法多么美好，让它一直傻乎乎陪伴下去。

年少轻狂 2011-6-22

[午后的苍穹，如泛白的纸花。闲来无事，翻出高二时写给班主任的周记。这般年少猖狂，挑事生非，真的是曾经的我吗]

有些人一辈子都不曾和你说话，有些人只说了一句话却一辈子也忘不了。有些人消失了没有知觉，有些人消失了知觉没了。

遥想高二此生难忘的一年，有过太多纠葛浅殇。让我毛骨悚然的物理课堂上，我就那样重复着抬头看黑板。低头写作业的动作，直至晚钟敲定，人海渐稀。灯熄后，迎向朔风，抱着几本书独自离开教室，回宿舍睡觉。

高二的老班是一个说话语速直接秒杀机关枪的天作之人，上起课来可谓行云流水，挥洒自如。再瞧那一头整齐有型、乌黑亮丽的密发，直令那些年事未高、未老先衰的老师望洋兴叹。他确实是个好老师，教学水平一流，教导管制有方。尽管事到如今，我依然不愿承认这个事实。

那个时候那个年纪充斥了浮躁的打闹和喧嚣。遁入实验班的日子过得憋屈而失意，个性被一层层一堆堆的教材考卷榨得几近窒息。曾经的种子选手，自以为是辉煌的佼佼者，到群英荟萃，比较之下顿失滔滔，我的周遭像极了一场生吞活剥的午夜闹剧。科科成绩平平，个性无暇突出，成为最不起眼的角色。

升入实验班，我从高一时宪兵队头目，直接升级为问题青年捣蛋一号。那时不服老班管束，竭尽全力抵制教育带给我的一切。每逢周记，同学们心平气和，陆陆续续详而有序地动笔。唯独我一个傻瓜，压紧笔杆，眼观六路，耳听八方，把我所能看到听到理解到的一切批判得面目全非。老班却不计较，反倒宽宏大度，肯定我的态度，指出我的周记很有创造性，将来一定有所建树。

我当时就纳闷。我乃严肃派作者，尊重客观事实是我的原则。说创造性，难不成我凭空捏造了？

　　老班在接踵而至的周记上，接二连三表扬我的"作为"。如此老班肚里能撑船，真怀疑他到底有没有看，还是直接夸奖我应付了事。

　　但时隔多年，在这夏末清凉的早晨，我却言不由衷地思念起老班来，还有高二那一年我的同班同学，以及那一场场一寸寸，我当时并不在意的同窗友谊。人只有回不去原点，才知原来的存在是多么的重要和可贵。

　　应试教育给了我太多青涩的疼痛，却又带走太多美好的往事作为交换。过往是非还在心底埋藏，我又能怎样对话这出一个人看、一个人叹的戏码。回首张狂过后的湮灭，那些年华如风中散尽的烟花，早已落入天际。惆怅已晚，斯人如歌，那些博大深沉的宽容，待在岁月最安静的角落，恕我当年未解。

　　有句话埋藏心里多年。

　　其实，我一直都敬佩你，我敬爱的老班。

知命 2011-6-26

[这一切安排打乱了我往后的青春。难道我真要当老师，重蹈步过的生涯，用千疮百孔的手掌，去抚摸另一群年轻人的希望]

那个夏天成绩出来，家人要我填报师范。教师这条路，于我而言，无异于牺牲。我的理想我的信仰，都与施教者大相径庭，背道而驰。我一度视此工作为助纣为虐，那完全颠覆了真实的我。后来有人说，我终究要爱上。也有人说，我兴许会最终麻木，直到忘掉反抗。

我想我没麻木，也没爱上。只是和时间耗上了。

当他们给我分析，提议读师范的时候，我的心像是突然间镂空。在我心里，教育是一道永不磨灭的伤疤，它带给我血淋淋的青春和无法愈合的伤口，像一场风暴猝不及防。

我恨教育，恨到彻底。我在教育的游戏里拼了命，才终于考出重点分数，并一直蛮横认定，没有应试教育和家庭压力的青春，不会有那么多伤痛。那些远逝的故事和回忆，或许还活生生地跳跃在我眼前。

那般偏激的思想，在我的脑海盘踞了数十年。它一直沉睡未曾醒来。直到高三，惊觉原本拥有的骄傲一点一滴过早流失掉，我终知我被教育剥削得几近一无所有。三年来在乎的人和事，陆续分崩离析，直至荡然无存。

我想我不会做老师。凭我心高气傲誓死不从的硬气，这一切摆布和怂恿都将是徒劳。尔后两个月，我才懂了，原来我的挣扎，才是徒劳。

亲人朋友都说，教师职业其实不错，工作稳定没压力，每年寒暑领工资……我的三观相继沦丧，像多年的理想，被现实的猛兽生吞活剥一滴不剩。

这不是我想要开始的青春。我的青春当像苍鹭一样摸爬滚打，搏击长空。多年以后尘埃落定，心中无悔无怨，哪怕每天吃的是一块钱两份的馍馍，也是我执念的宿命，骄傲的生活。

我应当正在为自己年少时的梦想奋斗不止，而不是因为不用找工作而无聊待在宿舍里没日没夜地发呆打游戏。我痛苦因为要用自己受过曲折的思想，去教育下一代天真单纯的人。我要诚实，还是说谎？我怕我会眼睁睁看着他们的镜片厚度突飞猛进，从啤酒盖变城墙。打篮球的手，抓起一包包的药和点滴。

如果我真的成为一名教师，我会尽好一切应尽职责，把他们骗得乖乖，调教他们的品性和思想，督促他们把学习培养好，然后送出校门。

如果一切重新来过，我会把成绩看轻一些，把该做的进行到底。坚持当时的想法和天真，青春该享受到的东西，都不会畏首畏尾地错过。

可现实没有如果。

无法预知的未来，给了我填补不了的困惑。我试着善待身前身后的每一件事。对理想，多一份毅力与坚持；对前途，要多一丝信念和专注。情愿大胆走下去，不管将来如何，它一定会来。

是时候了，我要做好迎战准备。当老师，还是跳出深渊？

V. 未央

所谓好 2011-10-31

[有些人，每过一段时间就会闹僵一次；有些人，无论你如何过分都不会有隔阂。有一天，最爱闹僵的不闹僵了，没有隔阂的疏远了。后来，最爱闹僵的很快和好，没有隔阂的就这么一次，却安然消失于岁月。青春啊，故事一旦过去，便什么也不是了]

爱情也好，友谊也罢，守不住的世俗的繁华，都一样，终在永恒的谎言里老去死去。

谨以此记，追忆与两个人的友情。

先说宫玄。实名不便透露，且还原成《暧昧是青春的爱情》里的贲小鄙吧。

贲小鄙是一个非常孩纸气的大 P 孩，有过一段云薄风轻、颇为感人的恋爱，外加 N 场友谊式不明不白的感情，此处省略 10000 字。我的转班，让原本的生命轨迹为之改变。所幸高三那年认识他，以至于往后孤独的时光，我不至于更加孤独。

那时无聊，喜欢说笑，一如姓名。我常拿他逗人的名字开涮。他不服反驳，说春花啊，真不知道该叫你大帅好，还是阿贵好。

"阿贵"一称和女孩子例假一样,来得狗血而紧张。记得一个兵荒马乱的晚自习课间,一顶帽子成了同学们嬉闹的工具。作为一个不幸躺枪者,乱扔的帽子欠抽地空降到我头上。正巧我白天新剪了板寸头,该死的贲小鄢大呼"你好像语文书里的阿贵喂"。我汗,同样是鸭舌帽,怎么不说我像周杰伦,真是没天理没人性。

自此,我被自愿地戴上"阿贵"帽子,成功开启高三相当长一段时期的"阿贵生涯"。拜他所赐,我的"大帅"名号从此倍遭冷落,乏人问津。

贲小鄢特长挺多,除下身草原区基本符合男性长度外,擅长搭讪,搭讪,和搭讪因而人气火火,就差没着起来。乒乓球打得可以,比较青睐于虐我,跟咱班的乒头有得一拼。不过要打起篮球来,我完全可以把左手藏在裤子口袋,单凭右手跟他玩上十几回合。

这货脾气古怪离奇,一旦坏起来,简直稀巴烂,可彼此都没往心里去过。但凡闹僵,一般情况10小时左右,我们的关系就会自动愈合。当然也有例外,有次用了78小时,简直是一个奇迹。闹僵的原委千奇百怪,包罗万象,无奇不有,我大抵记不清了。

偏就这样一个大孩子,让我苦逼二逼的高三有了一抹生命的色彩。在我那静如死水的生活泥潭里,留下几个蹄子印和爪爪印。

时光往复，岁月荏苒，我们还是好朋友。

可惜的是另一份友情，从相识相知，到亲密无间，前后三个月，从未闹过矛盾。

女孩是那样成熟懂事，温柔和善。记忆里有她的片段，是那样温暖深刻，温暖得好似我从小到大未曾见过如此优秀完美的人。她叫我看轻了之前所有的女孩，心中再也寻不见一位如此心思细密善良体贴之人。只是顿悟之时，我已一路向北，去到我往后故事续写的地方。我时常在想，我理想的大学在沿海，我在乎的人们都在补习班里捆着，我却只身一人不远千里傻乎乎地来到重庆这个鲜有阳光的地方。

那年春末五月，最后一段金戈铁马的备考时光里，如果没有她，我想我已经弃械投降了。一心只为高考，所谓可歌可泣的青春故事，与我全无瓜葛。文人笔下所谓的风雨如晦的人世沧桑，都被隔离在围墙之外。我就这样一边压抑，一边给自己解脱。每次考试前后，都爱狂吃各种各样的食物。遇见她之后，这些东西大抵不用愁，也买不来，她都给带。感谢她在最后的时光，让我安心备考不至于闷到抑郁。

在故乡，有一种名为油茶的神奇饮品。从小到大哪天没喝到，便会感觉少了些什么。五月最后的日子，尤其想念。她从家里带来给我喝，有时是绿豆粥。我不善言辞，感动得神经错乱，嘴上却从未言谢。有这样一个朋友，我无话可说。

有一次课间，她说想吃饼干。恰好学校出奇有爱，给我们放了一天假。我回了家乡小镇。回校后带了一大袋饼干，她没吃几片就上火。我吃了三倍多，也光荣封嘴。剩下的八分之七，全带回宿舍犒劳舍友了。

她学习不好，我意外很欣赏，至少她的青春没有辜负在功课上。伴随考试的逼近，我们开始探讨习题，我扮演主攻手，纵然我也不太会。每次把不忍直视的试卷团起来，想要扔进垃圾篓一举为快的时候，她总是叹气地看着我。我于是若无其事把揉成球的试卷拿在手里抛着玩。她说我不淡定，定力不行。我说何为定力？她言，动如火掠，不动如山。我思来想去无言以对。从那天起，我没有撕过任何试卷和作业。

很多小事就这样仓促划过时间的边缘，成果便是我积极地等来了高考。感谢那时她，给了我最后的动力。在我一度以为众叛亲离的时候，她叫我知道，我不是一个人，身边还是有一些朋友，可以彼此安慰搀扶。

高考那两天她感冒，考前趴在课桌上一睡不起，大有泰山崩于前而色不变的气势。很快，考试如漫天雨丝将高中的末路团团覆盖，覆盖在我们泪痕斑斑的青春上。

之后就是暑假，等成绩，查成绩，填志愿，等录取通知书。离开故乡最后的那晚月光皎洁如玉，第二天我就这样安静地离开，去到南方的另一个城市，连续有五天没和外界联系。带着一堆我无法理解的问号，带着无所适从的感慨和未来对我的召唤，踏上另一片土地。

那些纷纭繁复的往事，就在忙碌间被挖去痕迹，不曾忆起。我想我一定会记得那段故事，在这样静好的九月，却忘记时间在背后抚平了一切。到头来，我和朋友，渐渐地少了往来，失去联络。如一场失忆，那些过去的体贴和关心都忘得一干二净。

有些人啊，每过一段时间就会闹僵一次；有些人啊，无论你如何过分都不会有隔阂。有一天，最爱闹僵的闹僵了，没有隔阂的疏远了。后来，最爱闹僵的很快和好，没有隔阂的就这么一次，却悄然消失于岁月。青春啊，故事一旦过去，便什么也不是了。

当又一次踏上磕磕碰碰的山峦，我开始想起高中遇见的每个人。每个人都一样。彼此拥有的往事美丽而遗憾，仿佛冰层之上一个个打上永恒标签的梦，享尽一生。

流年 2011-1-16

[时间带过青春和遥不可及的理想。人生第一部，将取三年高中的青春往事为素材，用故事交换故事。跨过高

考，不管前方坦途还是荒蛮，我都要上路]

关于写作，那是我尚年少轻狂时天真的理想。

只是理想啊，难能可贵。每个人都拥有，却没有多少人下手。有梦的人里，有的人提前醒来，活在了百分之百的现实中；有的人一直不肯觉醒，于是活在了梦境里面，受不起半点磕碰；有的人睡了醒了，不停调整自己，于是掌控了这个梦。

年少如我，也爱做这个梦。毕竟青春易老，一路上该丢下多少璀璨的幻想啊。

可高考重压实在山大，我不得不忍痛冷藏这个打算。最后，这个念头在我高考结束那天果断夭折。因我看到了现实。那场一生中唯一的高考，我以黑马的姿势冲出了重围，却依然感到一股无可抗拒的力量禁锢着我。我预感，写实之人注定埋没在现实里。人们活得足够具体，不需要你的悲剧。我想通这个道理，于是丢掉了这个未出发的作品写实计划。

思索很久，我开始了真正的创作之旅。孤独相伴，炎寒更迭，都不为动。不论这个梦通往罗马康庄，还是穷乡僻壤，我都一如既往地执着了下来。

当充分的理由爱上充实的理想，才有今天的我依然在这路上，紧随它的脚步，并没多大的成就，却傻乎乎知足。这世界有太多的不甘与遗憾我们无力抗拒，所幸的是，我所热爱的，并没有招致反对异议，反倒有了一群支持我的人。

那群人永远不会差，你们可爱极了。

VI. 春逝
一首歌一个人 2012-3-15

[没有阳光的重庆，天色一片白茫。忆当时，恨不能离别故乡，忘记故乡，远走高飞，而今却发狂地想念故乡的一切。

半年光阴，为了所谓的遥不可及的梦，费尽心力，跌跌撞撞，磕磕碰碰。我之所做，尽是朝夕沉沦在未曾走远的往昔记忆里，伴随甜的涩的心酸的思念，写下辛酸苦涩的文章。

那些小树招风骑车追赶讨好女孩子的年纪已如岁月的帆渐行渐远。飘过的画面，像是无法抽离的汞质，藏在身体隐隐作痛，恍若一种离开自己的幻觉。听着那些旋律未老的歌曲，仿佛年少的时光又晃到了眼前。后来绝大多数人离开了，给我鲜活美好的记忆，我才明白始终无法面对错误，过去是我太苛刻不懂珍惜。

终于慢慢地，对人对事，少了负气的解释和争执，仿佛真的长大了。只是突然好想再看一眼负气的自己，还会不会把头一偏，嘴一撇，眼神呈深恶痛绝状。

慨叹找一个合适的时间，安静地回想一群人，是多么神圣的事。那需要多大的勇气，需要腾出多少时间。云朵在天的上空，校园的广播还在蓝天下飘扬，回忆每个人，都能想起一首歌。仿似每一段时光都曾伴随歌声，以至于我们想起的时候不那么艰难枯燥。那些当时不被认可的歌声，如今别样亲切。

我们随时可以打开手机和电脑倾听，所以我们还是幸福的]

后青春 2012-4-15

[走向奔三路，下一个十年。仿佛长大只是一瞬间的事。时光白驹过隙，撇下旧青春花逝般的惆怅，任光阴拷打，那些一起长大的人儿，你们都还好吗？

想知道你们身在何方，有着怎样花朵般的快乐与忧伤。

16 岁晴空，17 岁黄昏，18 岁仲夏，19 岁烽火，诀别言笑晏晏的年纪，旧青春的故事，如袅袅炊烟，升向遥远的天国。末了只好告诉树的年轮，最初的梦想，一定会抵达。会有那一天，四周满是尖叫和鲜花。

夕阳向晚，心雨欲来，心却如此平静。后青春，一路走好]

年 2012-6-23

[又一年端午。却再也没有一个人会带粽子给我吃。

怀念那段风雨如晦，却花香四溢的五月尾巴。心里多希望有个朋友，带给我温暖的问候。可习惯了不习惯的一切后，身边已旁视无人。笑自己懂，苦自己尝，汗水烫过的轮廓，依如那时的线型。彼此的青春多了一份固执，却都误认为是执着。此去经年，你后悔吗？

常会以为自己心怀坦然，往事什么都想不起来了。可一到坎上，还会踏实地栽上一跤。那个相同的地方，我按到的手印，原来积累了这么多。

只恨时间太浅，思念无边，一年又一年]

母校的小巷 2012-7-10

[心念碎碎走过那三年来步履匆匆的大街小巷。时间游走，陪我的只有不变的蓝天。

从前悉心前往的求知书店里，我曾遇见多少执着的少年，斜靠在地上读书。在隔壁那个文具店，我买过无数张明星海报，幼稚的彩色笔记，绚烂的格子贴画，还有精致的彩纸。某个我不再靠近的礼品屋中，我送出过音乐盒，公仔熊，星座瓶，还有那装满了亲手折好的星星和纸鹤的许愿杯。可惜它在两个月后退回来了，里面装有几块碎玻璃。我知道，那是瓶子身上的，与此相关的记忆，在痛苦松手后，心甘情愿地封印。永远地封印了。

校门旁去年装修的门铺，如今卖茶饮了。招牌是我爱喝的芒果奶茶。冰块碎在泡沫般的夏日午后，不知除了我，她们还喝那味不？

那年的争吵历历在目。学弟妹在身边飞快闪过，我却惶恐失落，那般不可言说。多年之后回来，却再也无法接近，谁会记得那几年我们的故事。驻足繁华，街市沉寂，像在宁静的大海里掉落，无人所知。

有人说，岛是海心上的疤痕，我的岛又会在哪里？

走在这条母校的街上，遇到的只有不相识的人。那些旧时的音容笑貌，转眼烟消云散，多少人再未谋面。是谁摇旗呼唤，往事并不如烟？

苍蓝色的天痕，伴有云海朵朵，像一片片幼稚的海鸟，扑腾地扎进了海里。我想，天当是拾起时间的地方。来时的人会重遇，离散的人再相聚。

而我始终一个人，独自走在渺无人烟的路口，等我遥而可及的下一站列车。没有什么事值得我选择不快乐，也再没有什么事，能让我笑到泪流。

人生只若初见，那该是多么美丽的事]

给未来的自己 2012-9-2

[又到一年开学时，让我们痛并快乐的日子。

站在风口浪尖的一隅，突然想起那年的高三。那个张狂的身影，消失在时光的尽头。去年的今天，我坚决如铁，火车一路向北，只身来到这个陌生的城市。

那时曾以为我们一起走过的风雨飘摇，会在往后的无限时光里将我们鼓舞。那些真切的友谊也可，暧昧也罢，都是温暖的泡沫，一吹即散。大家在一起吵呀，闹呀，那样多好。再也没有比这更美的时光了。

转眼一年，现实路上泞泥不堪，远行之梦哑然失色。我开始相信，没有什么事足以让我流泪、让我放肆地笑了。仿佛在长大途中，遗失了多少再也不重要。留不住再努力也没有用，就像无法在一起的两个人，无法跨越的山和海的距离。

他们说，我有一个骗人的阳光外表和一颗安静孤独的心。喜欢独行，很善忘却又记忆超强。既习惯寂寞，却又拼命记住生命中每一个过客，舐舔每一道伤口，回忆每一个不带表情的笑脸。哪怕只一个陌路之人。

那样的我单纯无害。就这样一直简单下去吧，要记得每一个对你好的人。没有人值得为你付出太多，你得到的终究要偿。有梦要勇敢追，即便到头来，鲜花载道或头破血流。

可岁月老了，在这无关风月的年华里斯喘。不勇敢挑战一下，怎对得起这风云张扬的年华？生命不能浪费，更不允随遇而安。穿过充斥说教与倾听的人群，对于说教者重复了无数遍的真理，不去挑战权威一睹芳容太过可惜。好希望有一天，我能对每一个爱我疼我的人说，我长大了，翅膀硬了。我不再是你们眼中稚气未脱、优柔寡断、郁郁寡欢的少年。

时光如刀，在你眼中，我们都有不一样的形状。有色彩精致的生活，有与世无争的寄托，也有别开生面的求索，未来的你会懂我的痴狂]

VII. 归没

我想当个好学生 2012-10-15

[决定是一瞬间的事，改变却是一辈子的事。

午夜一个久未联系的老朋友，莫名其妙给我发来一条信息：不要成为空想家，因为你是凡人。有些事情只能当作兴趣，还是要把专业学好。终有一天你会懂得，你还在成长，多么地幼稚不懂事。

昨日重现，已成荒芜。长达两个月不上专业课，清早八点持续写作到晚上七点。期考前两天预习专英，最后不负众望挂掉，计算机二级裸考交 0 分卷，场均 125 的英语，到如今还没过四级。那些不为人知的纪录，像一把把刀子穿膛而过。

重拾疏离已久的课本，把电脑锁进柜子，心依旧乱成一团。即便我始终冠以行动,梦想依旧虚幻而荒芜。依稀想起离别时,我大声说,未来四年我一定会成为万众瞩目的人,你一定会原谅我。

如今空想家回来了。我想乖乖当好学生,我后悔了可以回头吗?

我曾把生命作为赌局,把梦想的戏码压在人生的里程碑上,把生命充实,再装不下其他。这个浮躁的年代,充斥了功名利禄,我却这么幼稚。洞穿现实的铮铮铁骨,当初负气的誓言又在哪了?真的要随时间风干,任岁月覆盖,就像我从来没有生来,没有存在一样吗?那大学以来,我一直静修创作,韬光养晦,牺牲学业,究竟为了什么?

终于明白原创这东西只是玩玩而已。它不是你的翻身仗,更不是你的未来王牌。人要长大,让羽翼硬朗。我不想继续拿人生赌下去,不想输得一塌糊涂。我宁可一直平凡下去,庸碌终生,也不要生命从此落寂,不要到头来什么也没有。

站在新的年纪,原来在乎的一切,都成过往云烟。逃过课,挂过科,通过宵,练过舞,吸过烟,打过架,处分过,恋爱过,夺过奖学金,学过吉他和钢琴。我想是否能在最后加上,写过小说。

我想回到过去,回到出发的地方,回到还没有这些梦想、在书本和女生之间狡猾衡量的年少,回到所有人都还好着。一切尚未开始。时间静止的初时。

安分生活,认真学习,走平凡的路,过坦然自如的一生]

站在一年后的今天,我依然在这条路上。

梦想这东西实在伤人。既让你付诸全心全意,却未必给你千方百计想要的结局。让你突破成功,也能让你一无所有。可这样危险的奋斗又能有几年?

年轻昙花一现,前一秒的我们,对于这一秒,都是那般年少。而下一秒,我们将老。

时间让心智成长,让任性消亡。一切都会好。只要人未老,心还跳,一切都有希望都可以改变可以挽回。

我不后悔。

湮没在旅途 2013-2-26

[远方的鸣笛低鸣,哭过的天没有多余的色彩。漫布苍穹的阴暗,如心情一般。

想到此行又将向往那个落满湿漉雨声的一隅,心里莫名地一阵抽搐。此路又将把我带往何处,是朝阳的轮廓里,还是群山的后头,抑或迷失的归途?

蹲在狭窄的床铺上,旁边是四位中铺上铺的毕业生,围在一起打扑克。一打便全天不进餐,仅靠零食充饥,一边吞咽一边嗨得鬼叫。人来人往的嘈杂中,思绪一节一节时断时续。偶尔的哈欠,把残存的意识通通卷走,留下空壳般的躯体，伴随列车远去。

高三暑期结束的秋日，身怀虎视一切的心，和表兄踏上这看不见前路的旅途。转眼之间，那时的无知和勇敢已消磨殆尽；那些年少岁月的妄想，一览无余地被拍打在泥泞一般的现实身上。

站在黑暗之外，连伸手的勇气都没有了。害怕无法穿越泥沼，害怕下一步就是末日穷途。

大脑在混沌中，突然想起一个很好笑的故事。那一天，我来到这个地方，种下四年的苦途。我爱的人在补习班，我想去的大学是厦大和中国传媒，我期待前往的地方在江浙一带，却是只身一人伴随幽暗的夜风来到重庆，学习一堆鸡肋般、明天就会忘得干净的莫名东西。

阵阵失落，如同细而不灭的石子，卡在心头，不堪言笑。如果我敢考差一点，我也许会进入补习班，给我不多不少一年的缓刑。或许一年下来，我会到一个更好抑或更坏的学校报另一门专业，身边又会是另一群人。

可现实没有如果。路由自己选，泥坑里爬滚也要挺过去。爱上苍穹的鸟，那般自由张狂，热烈执着，哪怕下一秒就扑向盛大的死亡。如此拼命的飞翔，是我可遇而不可求的。那条奔放的路，多年前已被我亲手关上。

每一天都重复一切可有可无的事。提早复习和临场复习，都是一个肚子送出来的排泄物；社团锻炼和自主创业，都是象牙塔里聊胜于无的消遣。人们争先恐后去尝试，满脸胡茬地回来，迎接无以言喻的意外。

朽木般的未来。

嘲笑的声息，在风的背后响起。张开眼无力看着双手，为何同样是手，有的沾满泥土，有的绽放华彩？当初一脸天真一双脚印一个坚决地踏上这趟列车，想着他日奋斗有成一举名扬。那些无邪张狂，至今仍是脑海中最原始真实的痴想。

痴想忘掉一切大学以前的岁月，低迷地在自习室度日如年，在被窝里享受死亡。只身一人的秘密，变得越来越小，小到连我都看不到。时光真的太快了，还没来得及伸出手捕捉，已在耳畔呼啸而过，走失的年华跟得更紧。原来坚持纵使有天赋助阵，也未必能抵达对岸；原来开满鲜花的仙境，也可能是极脏之地；原来在大学的学业面前诉说理想是那样可笑；原来自己并不适应这个时间为经、空间为纬的他乡角落。

天色步入深秋，一群一群人拥向自习室。法国梧桐在街道旁沉默，凄冷蔓延四周。彷如迷障，连走路都提心吊胆。自习室里，关上手机听起歌，和陌生的课本对峙。回想从前和课本费心较量，最后在高考中挣脱的雨季。一时控制不住，把书扫落一地，惹得教室前排的师生一个个伸长脖子张望而来。独剩我一脸潮红和满世界的枯朽。

我已经回不去了，无法再回到那个为了书本倾心尽力的年生。面对课本和作业，我终是忍不住想要扔将到一边。

在每个暗无天光的黄昏下，贪婪地读小说写小说，不知疲倦地学比洋文更难懂的乐理。倘若如一只啃老的馋虫，每天享受父母的衣食，和一群靠不着边的人述说遥远的未来，我宁可冒天下之大不韪，宁愿鲜艳地盛开和衰败，也要独辟蹊径地走下去。因我不甘心，不甘就这样归于平凡，归于安静。

列车灯灭，扑克族安息上床。我躺在黑暗里，提起惺忪的眼皮，成为一个疲惫倒下，等待失眠的人。

天晓，列车步入这个朦胧的城市。天外黎明深处，有可以捕捉的星光]

一堂别开生面的课 2013-2-28

[清朗的早晨，已是第四节课。当预知这两节课的主讲者会是年级辅导员时，在光线昏暗的宿舍里，我夹上那本随身多年的读书笔记，摸出手机，大摇大摆就去上课了。

说到底今天绝非吉日。一大早前三节课全是有机，怎么说呢，一句话，听了和没听一个样，所以果断不去。随后四五节，上教学设计，那个头大耳朵肥一年见不着的辅导员亲自下凡教。一瞅见这姓名，我便知道这堂课会有多无聊。我无法对一个满脸油光，大腹便便的人饱含热情，那会是多么滑稽的闹剧。

脾气如我，天性叛逆，又非读书的料，对学习失望多年，甚至连希望都没抱。去年我逃的课比我上的课还多，后期我打的哈欠比我听进去的章节还长。放任自流的生活似乎让我养成了一种习惯。我讨厌那些故作是非之人，全然一副学习好便是一切、万般皆下品惟有读书高的市侩嘴脸。

上课时间到了。那一年未见的老面孔，摇晃在讲台上面。

当年误打误撞，步入这让我一个头两个大的神学院，他没少在我面前冷嘲热讽，令我几度意念成灰。心中暗骂，看不起读书不好的学生，注定这是一位肤浅庸俗的老师。尔后一年下来，他极少过问凡间事，总是神龙见首不见尾，让我等拍案叫绝。直到大二我升至一个学生组织的文艺副团，他兼任园区老师，日子久了，见面多了，竟彼此冰释前嫌，相处甚是愉快。

课上一半。同学们前后左右桌讨论各自高中的化学老师，我抱起笔记本若无其事地看。我绝非不给他老面子。他的面子，我还真得给，只是我实在索然无趣，和同学间也没话聊。

听他们有板有眼说出心中理想的教师，高中美丽的岁月，再想起如今在学业和梦想之中游离无依，我静默不语。突然意识到，当一名人民教师，未尝不是一种理想。即便当前教育如何不堪，我们看重的，永远只会是未来。我们可以从亲身经历找出口，可以身怀热忱，满怀信心，摸索出独特的育才之道，实现教育真正的意义。

他走过来，拍了拍其他同学，叫他们背过身来跟我说话。我心里一热一热的。我阔别老师对我的关注已经很久很久很多年了。多年以来，我习惯自惭形秽，认定我是最不起眼，透明如空气的那个人。

我说了几句，只觉索然无味。他们礼貌地返过身去，继续探讨话题。辅导员绕到了教室后排，又杀路回来，这回索性坐在我座位的护栏上，搭着我的肩："咦，感觉你好像很孤独啊。"匆匆一句话，深深烙在了我的心坎。这些年来，何尝不负所言？

我一直是一个孤独的人。这一路上，我有了越来越多的朋友，活动聚会一样不落。可孤独就这样，不是人多就没事了。没有遇见对的人，内心平静无澜，孤独永远改变不了。

我忙点头，很是感动，像一个得到糖果的孩子。上一次有老师关心，是在多少年前了？

我说，我正在回想我的高中老师呢，回忆高中岁月就像是在眼前，所以我沉默。他笑了笑，拍拍我的肩就走开了。要走的时候，看到桌面上的笔记，这是什么东西，名人语录？我忙答，不是，但也差不多。

我不敢说我喜欢看小说所以摘抄了很多笔记。因我曾从室友嘴里听闻,他曾私下把我和飞哥当反面教材,批评我为了小说致使学习不理想。当时这室友是他得天独厚的小伙计。

他又笑了笑,走上讲台去,叫同学上台述说中学趣事。我托起下巴,认真听故事。听人分享快乐,真是一件快乐的事。

下课倒计时。窗外放学的人流争先恐后从教学楼里蜂拥而出。他叫我们自习看书,又在我身边停住。诚然我是没有带课本的,我上课一般只带个人。不带课本的原因很多,理由之一令我苦大仇深:我真不知这门教学设计课,竟然还有课本。

我想往后我都会带课本来上他的课了。我依然神往逃课,但他的课我不会再翘。我不会每节都听,但至少课本不会少了。

他给我一种长辞多年的温暖。让我在久别高中老师的温存之后,明白我还可以有温暖]

VIII. 陌城

油菜花开 2013-3-10

[午后练琴。突然一个电话打进来,要我速速赶往校门。春寒未绝,思绪紊乱,我披上薄衫,手机未带直接出了门。头顶是昏沉的天。等候二十分钟的校车,看到树影下那个

熟悉的背影，总算松了一口气。

出校门过斑马线，走在公路漫无目的。不多时，阴云消散，阳光从树缝乍泄下来。有人说，死亡只是人偶然的失忆。既然出来了，就让自己失忆一次吧。

正寻思未完的旋律如何改写，突然一片灿黄映入眼帘不可挥却。那样鲜艳的金黄，像母校小巷里低矮的小黄花，不被注目，却那般热烈奔放。花海铺天盖地，扣人心弦，令人不忍多看一眼。怕那一瞬的美丽，会因视线贪婪而消失。却是目光久久挪动不开，莫名纠结的心境，就这样停了拍。

这些年来，一个人离开故土，独在异乡颠沛流离。习惯了阴晦的风雨，习惯了单薄的阳光。两年下来，懂事不少，亦苍老了很多。却依旧是高中生年轻的外表，心智依旧简单低级。以至于在学弟妹前，我不知该本色出演我的幼稚，还是伪装一副大哲之态尽显成熟。

留不住的岁月，留不住的年轻，就像这仓皇的美丽，油菜花的金黄，转瞬即逝。最美的花朵之下，是抱团的种子。种子的形成意味着花的彻底结束。这片金黄，让人不忍多看的金黄，很快就要走了消逝了。仿佛一个我爱的女孩，在岁月的涟漪中，终于长大，懂事，稚嫩的面容迎风雕镂，手掌的温度如烟飘散。

心跳走失。有沉重过去的牵挂，有未了之事的惆怅，有时光不再的彷徨。吃过的苦，流过的泪，越来越不值钱了。不会再有一个简单明媚的女孩陪我难过，不会再有一个哥们儿轻轻递上可乐，对我说，年，和我去打一场球就好了。

这些年来，逆来顺受，坚韧沉浮，没改变命途，却失去了自我。我终究卡在年华里，陪着一声声有用无用的叹息。叹息里有我的脚印，不浅不深，却烙在心头好痛好痛。

她忙招呼我，钻到花丛拍照。我木讷地摆出除剪刀手以外的各种姿势，自觉有点古板，没能放松开来。蜜蜂盘绕群花，三五成群在耳畔掠过，我竟一直没有怕。兴许是油菜花的美丽，让我脑子一空，把它们视为蝴蝶。它们的确装扮了蝴蝶的角色，翩翩飞来，又悠然退去。不像这贪婪的时光，一刻也不肯停下。

一朵晦涩枯黄的花凋零在路中间，上面有几个鞋印。这样漂亮的花，终要归于平凡，归于尘泥。不论如何美丽过，结局都一样。会不会时光不再，灵魂也不在了呢？

故时的感动，如今只有那些故时的场景，故时的人才能找到了。兴许该给自己一个积极的理由。如果有，那我宁愿相信，油菜花开，是抗争的华舞。即使面临凋谢和隐没，依然选择放肆盛开，就像现在的我依然固执地走自己的路。我相信，我会遇见下一片油菜花。那个地方，星河明媚，阳光全部洒下，如耀眼的雪花。

时光寂静下来。心里装载了原始的勇气与果敢，就如一切从头来过。除了一张张珍贵美好的照片，还有一个值得坚强的理由。值得我去拼的事情越来越少了，但这片油菜却骗过了我，我情愿投降。

如果孤独是坚强的理由，唯美是孤独的自由，眼前的油菜花独放，无垠遍野只有它的花泽它的芳香，这便是我坐在电脑前写作的理由]

后路如歌 2013-3-16

[十点，独自行色匆匆来二运夜跑。

我习惯并爱上了这样的生活和姿态。在我看来，夜间跑步是灵魂的解脱与救赎，和高三迎战高考时的全力攻读一样。迥异的是，如今比高三苦，比高四忙，累不知为何累，忙不知为何忙。周六周日接连被课程攻克，双休沦陷。时间就像海绵里的水，挤着挤着也就没了。

从最初高考的两厢情愿——你接受高考，高考也接受你，到时今预习报告、实验、实验报告的单向循环，人活着仿佛只存有一副躯壳。大一知识算是完整还给了老师，唯留一张张失去灵魂的课表，躺在抽屉最阴暗的角落永无天日。学过那么多，转头都忘了，记忆衰退的大潮我已无可阻止。

突然觉得人生很多事都是徒劳无功的，努力未必会带来什么。踩过那些尘封的教条，站在一个过来人的角度，一路上我们被蒙蔽了太多，太多，以至于我们活了十几年二十几年都不知自己的理想自己的定位自己真正的所求所想。

瑰丽的童话终将被现实割破，我们终要面对。毕业租房找工作，职场收支钻车房，一大堆劳无穷尽的事。很少去想那些曾经的人事是非，很少去瞧一眼正在发育的理想，很少去想自己究竟要干什么。生活已为我们铺好航向，我们习惯跟着走。不管它去富饶他乡，还是鹿野荒蛮。等待我们多数毕业的，只是每月两三千的工资；等待我们践行的，是折戟沉沙或堕入虚幻的梦想。

偶尔探出窗，看着天空下碧绿的树林，徒想自己陷进一池无边的沼泽，在麻木的教育里沉沦窒息。无力改变过去，更无法主宰现在，却还要逞强地幻想未来。

"当烟雾随晨光飘散枕畔的湖已风干期待已退化成等待而我告别了突然……"

绕过跑道的拐角，漆黑中一个男生，大声吼唱不成调的歌曲。我佩服他的勇气和毅力，在偌大空旷的操场上放胆高歌，声息走调而扭曲，却那般执着。这算是老男孩青春褪去之际最后的嘶吼吗？

我想我该先去打探一下他的年龄。可此人极其神秘，声音远至，人却不知何往。他一定站在一个我们都看不见的暗处，不顾一切地呐喊，倾诉这些年来走过的时光。夜风拂过，带着丝丝酒气。又一场薄醉。

这是怎样一种感动，源自他人故事深处的呐喊。贴切的心情，如同诗一般。

往事随之肆意汹涌，我却不打算给自己回忆的时间。一旦回忆，那些幸福和伤疤冲上来，我怕招架不住。多久没有和兄弟几个对着天空挨个说一声曾经喜欢的人的名字，多久没有在教室黑板上写下讨厌的老师的外号进行各种恶作剧，多久没有因为某个心怡的女生多看自己一眼就乐上一整天……有句歌词唱得好，再不疯狂青春就荒了。无奈年华向晚，我们早已棱角削平，中规中矩，那样的疯狂还会有吗？

"终于我们不再为了生命狂欢为爱情狂乱然而青春彼岸盛夏正要一天一天一天的灿烂……"

歌声不是我跑过的那段路上黑暗处的男生发出的。我窥探。突想起一句话，人是会思想的芦苇。这样一首寻常的歌，竟如此巧合地在一分钟之内出现两次，来自不同的人。

暗夜里前方跑道上，一个打开手机放出外音的女生，一声不吭地抬头望向星空。沉醉其中，仿佛周围一切都不存在。突然想开了，也许她和我一样，听见了那个男生的歌唱，情到深处，退而听歌。只是我选择了另一种方式，边跑边思考。

"谁说不能让我此生唯一自传如同诗一般无论多远未

来读来依然一字一句一篇都灿烂……"

　　不得不钦佩阿信的音乐才华，不得不喟叹九把刀的笔功细腻。两者融合，成就了这样一首每每听起便会感动泪流的歌。歌词歇斯底里，加入五月天擅长的摇滚情调，把变幻迷离的听歌者的梦境描绘得五彩斑斓。

　　我于是又跑了几圈，总共下来又是半个万米。时间效果刚好，既不会跟令我忙碌不知东西南北的学业冲突，又能达到绝美的身心锻炼和放松效果。

　　似水时光，留不住，也匆匆。连多看一眼的余地都没有。

　　"让天空解释着蔚蓝浮云定义着洁白落花铺陈一片红色地毯迎接我们到未来精彩未完的未来……"

　　红地毯，多么陌生的词。往前，代表我们曾经对某个女生或男生的承诺和暧昧；往后，意味着一路上势必浴血奋战，战胜多少艰涩，才能走上这块地毯，成为一个完整的大人，合格的另一半。而我最怕，最怕我最后发现，和我走上地毯的，不是我爱的那个人，更不是我意料之中的那个人。那会是如何的寂寞可悲？

　　后路如歌。它是心海里最柔软的和弦，连同我们呼吸一样]

路 2012-3-20

　　[L 哥盛情相邀，让我出镜给他拍个店面广告。华美的

装潢，铮亮的四壁，店里花香四溢，富足流韵而出。没有伪饰，素颜上镜，拍摄可圈可点，却也爆笑横生。

这件小事却在我的内心涌动出未曾有过的波澜。

我是一穷二白的学生。失去家的庇护，我什么也不是。脱去高等教育的皮毛，我或许连个市井闲人都不如。

一直以来，我崇敬创业成功者。首先是创业，其次他们成功了。白手起家，付诸多少辛酸，才在一处熙熙融融闲来无事的闹市，有一家自己的店，每日争取舒适的收入。没有对上级的卑谦，没有对下级的催促。行动随意自由，生活随遇而安，是我们难以祈求的。

生活有时尽爱开玩笑。你可能会遇到曾经中途辍学的初中同学，他拉着孩子，在自己的店里闲逛；可能会碰上高考折戟沉沙的高中同学，他骑着二手摩托，拉风的发型，和一堆社青模样的人堆在一起，东跑西跑，嘴里说在创业。但有一点无可否认。我们学习有四年，在我们"出世"之前，他们也有四年的时间闯荡就业。而这四年对于一个生龙活虎的年轻人来说足够长。有能耐的，四年下来足以功成名就。

当我们走出幼稚园，脱下校园混混的名头，以社会婴儿的身份走进社会，我们会接连碰壁。见识了是非黑白，学会了卑躬屈膝，却不明为何当初成绩坏到退学的同学，会不念同窗之谊伸手相助，反倒袖手旁观。不禁喟叹社会复杂人心不古。

　　但也许你忘了，你高考那天，你狂妄的表情。

　　生活并不平等，因果却是等同的。傲慢过的，迟早会让你卑微回来。

　　我并非煽动退学弃学这样一种风气。我本身就是一个单凭成绩考上重点的学生，只是陈述一个人们耳闻目睹的事实。岁月的洪流分割了我们。一部分人继续受教育，一部分人转学技术，一部分人则去打工，另一部分人创业或继承家业。唯一的共同，便是大家出发时的本质都平凡。

　　统考之后，陌路挥别。身世和能力各异，导致人们站在一条弧形的起跑线上。但在个人未来面前，所有人都在同一个位置，同一个地点，这一点无限公平。任何人任何事，成功便不平凡，若没有成功，请不要拿自己走的路炫耀。读书也好，创业也罢，难道你已经跻身科学院，或是已经资产千万？

　　所有人走在属于自己的路上。走好自己的路，不要用有色眼镜去看别人。自己的路，自己清楚。没有一条质地是坏的路，只有不好好走的人]

IX. 树叶之远

我在三楼摘树叶 2013-3-31

[午后，酣眠中醒来，我揉揉惺忪的睡眼。2点40分，

第一节课都上10分钟了。我一个骨碌爬起来，喟叹自己赖床质量实在高超，伸伸懒腰，开始发呆。

已经迟了，就不怕更迟。打扮干净，看时间，距第一节下课还有30分钟。用喝一杯纯净水的时间考虑，我决定先写一会小说再去。文思如尿崩，凉风拂面，心旷神怡。窗外斜阳打进卧室，渲染出窗明几净的幻觉。

脚踏车如飞。在教室门前，看时间还没下课。恰巧授课老师是古板的教育学专家，对迟到旷课之事嫉恶如仇。我若此时进去，迟到之罪确凿，难免批斗之苦。倒不如在外面逛逛看看风景，待下课再混进去来得实惠。

三楼的阳台上，洒满了温柔的日晕。炽热的阳光透过头顶那层薄薄的蓝色玻璃，顿时戾气全无。把书包扔在一旁，倚着高高的围栏，看树林下的世界。阔别多时的翠绿，有如一汪海潮，奔我的眼球涌来。各种芳香气的树叶聚拢在离栏杆半米的地方。不知名的昆虫在我面前晃动，我有一股想要将它加工成标本的冲动。

林间是三三两两的行人和单车。鸟叫声在林间穿梭，纷纷扰扰的校园生活。无奈终日劳碌，我的眼睛习惯远视。我能看到远方屹立的夕阳，却很少留意眼前唯美的风景。

青春的味道渐次云开，母校的林子也有这样的气息。不是很浓，让人闻过却总觉得很香。溃烂的枯草丝，干裂的樟树叶，还有那并不多闻的自行车润滑油的味道一齐发散开来,浪漫极了,仿佛田园乡野。返璞归真的情绪,将我的杂念冲得荡然无存。

那树叶真是可爱。

突然我有想要摘树叶的冲动。我不知道这是什么原因。

树叶太远,只能踮起脚尖,半趴在围栏上伸足了手。难得够近,折下一片不认识的树叶。我觉得它好看,很美,于是选择了它。它有着不安分的轮廓,让我觉得它长成这样实在难得。这样野性的轮廓,令我的心湖泛开无休止的波澜。

脑海突然呈现小清新风格的画面。一个妙龄女子戴着轻盈的遮阳帽,在日光下欢快小跑,衣袂飞扬,摘下一个花环环在手上,好看地转着圈。静绿色的荷叶裙随之摇摆,晃花了午后的圆晕……我笑了笑,是缺少这样一个女子呢,还是我想象力太发达?

较之于时下半遮半掩的春色,眼前这派盛夏之景充满了热情。饱满的绿色洗染了这里的一切。青春风铃,在墙角划过,年华就如这午后难得的一片绿一朵阳光,转瞬即逝。不消多久,这样的姿态就不会有了。天外的蓝色可否一直这样绽放,陪伴老去的我们,陪伴更多苍茫的岁月?

铃响,径自朝教室走去。我收拾了书包,却带不走心情]

夜行 2013-4-11

[午夜1点。夜之安静悄无声息。

一个人在空荡的马路边疾走。飞啸而过的轿车，刺向我的耳膜，灯光扫过，尘埃远去。

这么早出现在大街上，是一个并不雅致但有趣的意外。意外如我，并不知自己会有这样一出遭遇和这样一番别致的心情。夜色良好，原本桎梏的身心在黑暗中舒展，我却不想放声高歌。我怕吵来警察蜀黍。那样的话，就是一场雅致但不有趣的意外了。

迎面扑来潮湿的树林香气和鲁莽冲动的汽油味，我伸展腰身，穿梭在阴影下，像一株不为人所知的山野植物。时间一点一滴晃过。自我离开母校的那天起，从未觉得时间会过得这么慢。学校的大门已经合上，只许一人侧身而过。门卫在封闭的隔离室里打呼噜，我突然庆幸自己身材苗条。

学校很大，大到你的安全感完全消散为止。路灯所及之处，显得那般短促。孤立的电线杆，在树林里发着银光。影子拉得老长，老长，如同我走过的路，走过的岁月乘以此刻我的思想。

走在校内马路的正中央，黄色的线条在脚下延伸，缩短，后退。两旁是飒飒的阴风，舞动遮天蔽日的树叶。在路的中心，迎着回家的希望灯火，慢慢走远。觉得自己是一个迷路的孩子，走在远赴他乡之后归来的路上。举目四望，视野里了无人影，只有灰暗的灯光打在头上，洒下一个孤独削瘦的身影，向黑暗深处走去。

走夜路多了，便会见鬼，但也可能见到墙角处阴暗的自己。想到这，我不再害怕了。回到卧室，时近2点。这些时日来发生的一切始料未及的变故，依然盘桓在脑海。都说长大的孩子，要有长大后的玩法活法。那些冲动的过去，留在记忆的琴弦上，就这样静静看着吧，不要去碰了。

抬头，站在我面前，打量着黑暗的自己。最后，灯关了，镜子也黑了]

你应该懂的事 2013-3-24
[1. 梦想不是你的全部
教学实验设计。

第一课实验，粗盐提纯。顾名思义，把粗盐弄成看起来纯的粗盐。这样一个意义伟大有如史诗的神操作，剥削我们三个半小时。人活着本就苦短，每周又得在这荒废近四小时，教育还真要人命。不然怎么着，科学实验嘛，不费命耗时，怎么对得起科学研究四个字？

这无疑成了每周有机、物化、仪器分析之后第四个磨时间耗精力的实验。匪夷所思，教学和实验是如何勾搭上的。我不得不叹服教育的厉害，有的无的都能凑成一堂课，堆砌你的课余生活，禁锢你的假期自由，还冠冕堂皇加入评分。大学形式教育就这德行，应试教育在它面前反而显得活泼可爱和蔼可亲。

习惯了。我又一次触摸时光从我的实验服上匆匆掠过，一个巴掌扇在我脸上，惶惶然惶惶然凉凉的。跟其余每周三堂风雨无阻阴魂不散的实验相比，此设计更为奇葩，居然还承包了一个录视频教课的环节。我又上镜了，这回演老师。好吧，如果我终究碌碌无为的话，我的下一步就是老师了。

可爱的小强，让我率先录制讲课。这货考虑的倒是周全，让我成为第一牺牲品，有了前车之鉴，他好去粗取精。我推辞不过，战战兢兢上了讲台。起初我一个劲笑，皓齿咯咯直响，说一句笑三句，和春晚的娱乐效果有得一拼。

走下讲台，第一轮讲课的同学，也都慷慨千言，如鲠在喉，上话不接下话。可想这只面对一个镜头而已，如果等到那一天，我们都单独面对一个教室黑压压的人影之时，我们又该如何镇定？

不得不说，我这个很可能要过渡到教育执行者之人，不太能适应这样的情调。自娱自乐的情调。课后回看电脑的录像，讲课的身形映入眼帘。突然惊呼一声糟了，自己还真有一丝教师范了。

权且将此事当作一个好的开始吧。不是梦想中的事，我们依然要努力去做。毕竟生活不是只有梦想，不能只有梦想，梦想也不能给你全部。专注每件事，即便是你讨厌的。既然情之所逼，我们不得不面对，那就倾心尽力而为。

2. 总有一些事值得你坚持

课下路过运动场，惊觉有快一周没跑步了。

那些掩饰在琐事背后的借口浮现而出，竟没有一个能安慰我。前不久，体育高考生的到来，让田径场连续封闭。我打那时起，就没跑过步。支持我放弃的理由还有很多，晚上经常实验到十点，专业课奇多，没人陪跑步，诸如此类。

想做一件事不需要理由，不做一件事却有千千万万个借口。多年来，唯一坚持下来的，只有日记和跑步了。那些年酷爱的篮球，早在我的生命中销声匿迹；曾经迷恋一时的舞蹈，也已退出视线多时。不再热衷于在小本子上画有意思的风景和素描，不再尝试记单词背课文朗读喜欢的诗歌。不习惯了，都习惯了。

放弃了太多想要的，拾获了太多不想要的。这磕磕碰碰的路上，值得我坚持的很多，能坚持的却很少。难道我还要把跑步这个习惯也丢掉，成全自己的烂借口和丰富的理由？

总有一些事值得你坚持。

从前的我，为了跑步，甚至情愿将去其他班见一个我喜欢的女生的大事推迟靠后。我会说，我要让自己健康，才有资格站在你面前。如今四季还在，那个风雨中奔跑的固执少年，又身在何方？

但愿世俗纷杂我还能坚持些什么。这样难能可贵的坚持，告诉我还没有遗失自己。我有着怎样的过去，也会有怎样的将来，让我在孤单彷徨的时候，知道现在的我，并不是完全走失完全蜕化的我。于是我会感动，我还有故时的影子，还是那个斗志昂扬的少年人。这样就够了]

清明 2013-4-5

[滴答杨柳，抚岸和风，古典的气息浓郁如同那杯沉浸在釉色茶杯底的茶叶，沉醉得无以复加。那首传承千年的古诗依然在耳畔想起：清明时节雨纷纷，路上行人欲断魂。借问酒家何处有，牧童遥指杏花村。

心情复杂如许。

一个人在这个地方生活惯了，每逢佳节倍思亲，尤想跟一别多年的朋友见个面。可念由心生，却难以启齿，总不能在电话这头大声唠叨，清明节一定要过来看我，或者清明节我要去看你吧？

吃过牛奶面包，坐在电脑前写作。天色朦胧，雨丝霏霏，水滴从虚掩的窗抚进，冷得浑身打哆嗦。想起昨晚同学说的6点起床去缙云山看日出就忍不住笑。昨晚构思的情节，也被一夜枯枕消磨殆尽。突然一个很无聊却又很有趣的念头在我心底浮生。该给自己的新窝装饰装饰了。

今天别人装饰坟墓，我却装饰小窝。我的坟墓走出来的，是一篇篇文学作品，一支支噪音和从不更改的蔚蓝的心情。

四壁相当白净，只少了一点东西，名曰色彩。综合再三，决定选择文艺气质的装饰风格。于是乎，明星写真，时尚杂志，精美雕花，大众非主流都加入其中，清闲孤苦的早晨，就这样和中午交替了班。

中午1点吉他课，去厨房吃了蛋炒饭。为了犒赏装饰有成，特意多扔了两个蛋。离开琴行，搭校园车回家。喝了一口水，去化院做实验。无孔不入的实验，如虫蚁般把时间钻得千疮百孔。细算下来，这几天完全限制在了学校里，杜绝了外出旅行可能的事故和开销，排课老师堪称神机妙算。

走出学院，自觉生命又一次浪费在了这堆玻璃仪器里。我麻木脱下白色"天使"服，独自走路回去。实验之前，我听不懂老师在黑板上画着什么符号。实验时，我不知道自己要干什么。实验之后，我还是不清楚我做过什么。我想等我亲自写好了报告，条理清晰科学严谨，我也不明白我学到了什么。只记得，为了纪念清明，老师给安排了一个我所遇见过的最复杂冗长，比弛豫法更变态的实验。

不知其然，更不知所以然的一天。错过惊艳的薄雨，

退却出游的期盼。逝水长流,山外依旧,而我梦中游]

X. 花儿

花儿 2013-4-6

[不明时分,窗外淅沥的雨点冒个不停,扶起窗帘一卷一卷,吹得房间一亮一暗。推开窗,寒意幽深得吓人。仿似一场生命消失殆尽。柔和纯净的视线外,绿油油的青草蔓延了视线所及。打开电脑,昔时的老友发信息过来说:她走了。

视线里缓缓出现这样一个美丽的轮廓。那个凭借学习努力迈进母校大门的女孩,那个外表冷傲内心温热的女孩,那个喜欢坐在教室后排和一群同学上课说话的女孩,那个受海量男生喜欢却没一个能追上的女孩,那个才貌双全,中流砥柱的文艺委员,那个生如夏花,却被冬雨打湿的人……

寒气凝结成模糊的水纹,印在窗上,像心的裂痕铺展开来。一阵莫大的悲哀,瞬间将我覆盖,覆盖在我这被时光覆盖而过的人身上。时光真的过得好快,转眼多年,没来得及看她一眼,便已阴阳两隔。清明就这样走了,她也没有留下来。

最后一次见她还在高三。因为手术的缘故,她留级了。失去了学业交集,之后见面甚少。如今我不得不感叹一直陪在她身边的男生女生有多幸福，让她在余生那样快乐；不得不感叹走的时候她的无奈，他们的心如刀割。

我想她已经变成天使，飞往那茫茫天宇，坐在云端，安静地看着地上的人们。

曾经山花烂漫，青春如歌，生离死别的是非题，似乎遥不可及。我们还是青春无敌的少年，一别两年，却已面目沧桑，这些年来，都有了各自的闯荡和理想。我们这群老去的孩子，还没好好找准人生方向，便要用离开母校后的短短几年来成长，时间永远不够长。

转眼之前，仿佛我们还在那个精致的花园里上学。你上你的体育课，我上我的晚自习。还有个别姗姗来迟的同学，眼眶红红，说着一堆听不懂的网游术语。老师还在周而复始地督促我们看书快看书，隔壁班的女孩男孩会在下课时跑过来，趴在窗沿上叫唤这个教室里的人。会有成群结队的男生抱着一个球打上一下午，会有几个坚持减肥的女生结伴去小卖部吃大量油腻可口的零食，会有一个叫江海的半秃主任随时随地神出鬼没，在恋爱的吸烟的玩手机的地方出现，会有一批一批的表白和一批一批的失恋和恋爱，会有一场一场雷打不动从不缺席的考试接踵而至，会有一个叫操场的地方让你开心难过时都流连忘返，会有那么几个人值得你偷偷看上一整天……

转眼之后，时光不再，斯人已没。遥想当初志在四方，你我都是大雁，你向东，我往西，他南飞，她北上。就这样匆匆散尽，留下一场消散的笑貌音容。一场考试把所有人冲散到五湖四海，课间未曾聊完的话题就此暂停，分崩离析。

　　我终愿意相信，踏上未来的路，所有人都那么简单，心地善良，像一个个出世的幼孩。简单地说着今后志气飞扬的理想，简单地说着高中遗落的错失的爱情，简单地说着自己最在乎的一场友谊，简单地说着我们的家乡和未来漂泊的地方。可谁能料想，下一站我们又将在何方？

　　钟磬之音，雨萧而上。旋即风定，止于至美。当繁华落尽，骤雨初歇，两袂清湿。当音容飘逝，年华枯老，欲说还休。我们踏上青春的列车，反悔不能回头。转眼多载，人世坎坷雕镂在稚嫩的脸上。夕阳沉没，月满盈亏，一切都寻不见，彼此永远在路上]

停机风波 2013-4-14

　　[如若不是停机，我永远也无从知道，当我孤身在外，音讯全无，那些担心我在乎我的人张皇失措的样子。

　　晚上实验悲剧殿后，被老师抓住，顶替全组人打扫卫生。吹毛求疵且不多说，还莫名其妙顶替全组人烫了一顿耳朵。老师训得口干舌燥，摆摆手叫我走，让我回去代替她，照她骂的样子批评他们。我想来好笑，连哭的勇气都没有了。

回到卧室，十点有余。生命又一次耗在实验上，一秒钟没有侥幸。心情烂到低俗，想开坦克炸了实验楼。打开电脑，看到同在这所学校读书的一位姐姐的留言：最近家里人联系不到你，你表姑找你有事，你收到麻烦回复一下。

我当即愣了许久，联系不到我……表姑，是姑妈吧。我和姐姐感情交好，但若论亲缘关系，与我不亲不疏，不可能认识我表姑。须臾之后，方才猛拍脑门，我都停机快一周了。椅子磨响尖锐的吱呀声，我十万火急，如坐针毡，家里不会出了什么事吧？

我风急火急跑到室友那边借手机。我怕家里有事，那样的损失我无以独担。

所幸滑稽现实与我之焦灼开了一场美丽的玩笑。家里一切安好。接电话的是姑妈，大半夜打过去，她顶着严寒爬下床来接电话。想到这些年来父母姑妈他们青丝白了，身姿佝偻，我所有的力气瞬间剥夺干净了。

我后悔停机太久。当初实施停机计划，有大快人心的逍遥。再也没有一天十几二十条的电话短信，在四面环树，村郭掩映的卧室里，过着与世无争，闭关创作的日子，生活诸多劳累奔波与我告辞。心静如水，缓慢从容。

原本我有每周打电话问候家人亲人的习惯。可停机的持续，让我忘却了这事。家人却并没有忘记每周接听一次我的来电。于是给我打电话，手机停了，自然不通，才发生了一连串的事件。

　　我是怎样一种感动。想我只身片影待在远方，孤苦无依，若真有了一丝差池，我还真四面楚歌了。一晃多年，唯一不离不弃的就只有他们，我不可能连最后的堡垒也不珍惜好来。这场兴师动众的电话风波，让我想笑却笑不出来。不管身在何方，是悲是喜，是成是败，我都还是那个家乡小镇里走出来的我。

　　刚等姑妈把电话先挂掉了，另一个电话接踵而至。原来表姑真找我有事。通话内容和姑妈一样，有话要交代，却总是问那几句。

　　曾经的痴情少年，如今的个性青年。不论是那个曾为喜欢的人编织51只纸鹤99个许愿星，花费几个月时间，只为博人一笑的自己，还是如今这个不听管教，棱角太硬，管他是非黑白的自己，我都是我。因为他们的存在，他们的爱，让我一直是那个会为了亲情感动，为了亲情改变，为了亲情放弃一切的我。

　　浩荡的停机风波，像是一场无声电影。我是一个漂泊的游子，亲人们在背后关心我的安危，焦灼我的下落。他们的表情和动作，一定是这个世界上最美丽的轮廓。这些轮廓告诉我，有他们，有你们，我真的很快乐]

已成过去 2013-3-28

[教学设计课上。窗外艳阳当空照,正是男儿睡觉时。

讲台上,说教学报告的同学推推镜框,风姿绰约,和台下人大眼瞪小眼。因为所以加道理,台下的人纷纷低头,神一致地赶实验报告。右手边隔壁宿舍的同学问我搬出去住后的生活。我话匣一开,付诸云静风轻的回答,心跳却戛然而止。

我猛地想起我最好的伙伴,那个还在原来宿舍的朝勇。敢问人之一生能有多少人,吃饭上学,课程分组,作业报告,总之什么事都有如奇迹地撞在一起毫无二致?

我突然怀念我还没有搬出来的日子。自从高中结束,再也没有一个每天生活和我如此吻合雷同的人了。那时候,他和我的影子一样。

那个喜欢斜躺在床,堵上耳塞,一看小说便能终日不吃不喝,身子一动不动眼睛不眨一下的朝勇;那个我深夜写作完,准备休息时,总能看到的一个嘴巴呈半开状,手持板砖,右脚搭在左脚上竟然还能睡着的朝勇;那个躺在床上身姿唯美,动作娴熟堪称吸鸦片的朝勇;那个打四川麻将,突然大喝一声干你M的朝勇;那个被人扁时叫声凄惨,可跟杀猪声媲美的朝勇;那个每次去食堂打饭,总要边吃边骂食堂坑的朝勇;那个对打篮球总让我放水,结果却把我绝杀的朝勇;那个我欠了钱,硬是有多久耗多久才肯还完钱的朝勇；那个买了全宿舍最高配置的笔记本却用来看《重案六组》的朝勇；那个我大学里最亲密的朋友。

怀念要交作业时，我总是不打招呼，直接把他的书包抱过来翻作业抄的日子；怀念他每回忘带钱吃饭买东西时，我大摆架子迟迟才肯借他钱的日子。

那些日子都过去了。

这是我搬出来唯一的遗憾。我知道这个遗憾无可阻止，可我不会选择回头。在这个基友基情之说甚嚣尘上浑浊不堪的年代，写两个大男人的友情，着实是一件棘手的事。难以释怀，却也无从改变。人终究要向前看，会获得一些，也要失去一些。

但愿在岁月的长河里，他还会记得我们最初最铁的朋友关系，我们还是我搬出来那天那样好]

公　路

I. 不夜城

1

回到卧室已是十点。

曾想期考时豪言壮语，说暑期势必在奋斗中发光发亮，意义非凡。可真到解脱了，却发现自己什么也做不了。日复一日，空想着一席事，如虚华变幻的泡沫，璀璨却不真实。人总是这样矛盾的立体，自以为过去不堪，眼下缭乱，便把希望寄托给未来，枯等未来。结果未来亦如现在，持续一成不变。

正想出去跑步兜风，接到 L 哥电话。我气血不畅，你郁郁不安，倒不如出来，骑摩托车绕北碚跑一圈来得实惠。我叹服商人的思考，决心打破周而复始的深居生活。

盛夏特有的温热，和着干草味的夜风，迎向车扑来。在偌大的校园里兜兜转转。夜色下的这条老街亲切而陌生，仿佛时光回到一年之前。那一年，我加了三个社团，没事老往外面跑。熙熙攘攘的人海中还留有初秋时节宿舍四人的身影，那时勾肩搭背，激情饱满，逛了几条街，走穿北碚城，总共买了一个帽子。

摩托车像是一头得了瘟疫的猛兽，机身振动，发出不甘的低鸣，缓缓驶向人群喧嚷的闹市。北碚的夜景还不错吧，他叼着一支烟，发型在卷风中浩然屹立。

我又不是没来过，只是很久没有晚上出来了，我不服气地斜睨一眼，心底一个念头隐隐发作。怀想初来乍到时还措手不及，如今却已成半个北碚人。能熟悉这里的一切，是一件多么幸福的事。

我曾怀想坐在摩托车上逆着晚风徜徉多么惬意，秉性自然，随心所欲。世界归谁的都不重要了。夜色斑斓，嘉陵江畔湿咸的空气有些撩人。河滩上坐有一群吃烧烤鱼，干老山城酒的市民。玻璃碰撞声总让我想起分离，想起兄弟，想起挥别不再的旧时光。坑坑洼洼的路面像是古旧的回忆。我沉湎在如我发梢般缭乱的思绪中，却见 L 哥一头刺猬短发，顿时错愕，我的长发所剩的时光也不久了。我终究要过渡到他的年纪，剪上干练的头。

街边美女这么少，不是小的就是老，我明知故问。西大占据半个北碚的面积，足有四五万人。暑期一来，人去楼空，年老的街道上少了一股年轻活跃的味道。沿着河畔一直晃，冲进夜色深处。乡野的风来得彻底，凌乱的枯枝朽草，发酵出一堆堆蚊虫和气味，仿佛家乡水稻收割后堆成的禾草垛，覆盖水汽，收取了阳光和月色的味道。

"不虚此行。"

"既然不虚此行，想不想来点更刺激的，想不想去主城区？"

"好。去，说去咱就去。"乡野浩荡。我向往这种疯狂，当机立断，说干就干。

"可主城很远的说，好几个小时。"

"管它，穷此一生这样的事也许再也不会有了。"

我笑了笑，拉下头盔前的挡风玻璃。凉意从玻璃死角肆意灌入，在头罩里扑扑滚动，刮在脸上有如按摩。我想我懂得，生命里的每一次冒险，都可能是年华虚度里唯一或最后的一次。我要玩得淋漓尽致，轰轰烈烈，把它当作生命的最后一场。就像曾经含着饱满的深情去爱一个人一样。

公路飞速倒流。突然想起飞哥。那小子扬言暑假要净赚一万，现今到处跑项目。一个电话打过去，前天还在江北，今晚又在观音桥了。不愧是少年"传销"之王。关于飞哥的青春，是一部典型的坑。他富有激情，每月油费烟钱、房租开销近两千。终日哭穷，却能在几天内把钱搞来，只要他想。作为我在学习上的垫底人，他极少上课。有机的最长旷课纪录长达三月，老师是男是女都不知道，却总比乖学生过得丰富有趣。我想他很可能连这学期有哪些科目都不知道,末了什么时候考试也不知道,但那又何妨?

人生一场,当疯当狂。我瞻仰他的青春,也坚持我的青春。

2

车出北碚,乡野茫茫没有一盏昏灯。四下漆黑,意外有了安全感。浩荡世界,能在一个暗夜无人的夜晚驱车长野,感受拥挤人潮里没有的静谧清欢,独面苍茫,心随我动,那是怎样一种享受。

在故乡,曾去到平南,那时我刚毕业。叔叔会在每个傍晚,带着我和弟弟出来采风。夕阳还未落下,昏黄的天绽放出不凡的美。泥巴路旁的荒芜丛里飞出各种妙不可言的昆虫,落在车扑扑的油烟后面。那时我想车会在哪个路口停下,我们会迎来怎样玩闹的地方,我和弟弟会去做什么好玩的事。那样纯然的快乐,是我无法遗忘的刀疤。我会偶尔想起家乡的同学、朋友,他们在四分五散之后各自做了什么。我们都有了新的生活新的方向,最初的梦想都扬帆起航。

无数暗影在树梢上掠过,飞散的粉尘沾满了透视玻璃的表层。我晃晃头,这一晃一别多年。L哥狠握了握扶手,油门大开,车在笔直的公路上霎时如同一支穿云梭。夜色茫茫，困意也随后跟上。

屁股痛吧，但你会习惯的。因为路很长。

有车多好。路还很长。

我轻松一笑。对车，那样的执着和热烈，我从未有过。起初我们鄙视金钱，鄙视物欲，我想过要是没钱，我可以过着淡泊如水的生活，有一个爱的人，简简单单过一生。那样不切实际的想法相当复古。殊不知现下社会，淡泊如水只建立在巨富之上。没有钱，你只配颠沛流离，甚至哪一天莫名其妙被弄死，还背着强权强加给你的莫须有的罪名。

这就是时代，凡人无法更改的时代。

前方是灯光通明的繁华,惊艳有如暴雨中绽放的梨花。果真如此，北碚人出到外面，都说进城了。兴许北碚不甚繁华，兴许这里着实昌盛。极目远眺，无边无垠的灯光尽头，是一座座高耸的写字楼。永远望不到天边的城市，满目疮痍的繁华。如此繁华如刀划过，我却看穿。五光十色的街景，华丽璀璨的灯光，漫无方向东奔西跑，有如人生五味的奔波。

车停。主城区。

L哥又点了一支烟。雾气腾腾，笼罩在视线尽头。我打开一路抓拍的相机，翻阅里面好的照片。只有零星几张，却是那么带有纪念。我曾是一个喜欢拍照更喜欢自拍的人,但眼前所拍绝多是风景。我想我懂事了，不再那么富有活力。求学与就业阴影笼罩心头，我们要赶在之前走向成熟。

偌大的广场上，火树银花。巨大的石钟安然如素。四周是黄澄澄金灿灿的华光宝贵之气，精致典雅的建筑，澄澈空明的路灯，郑重的贵族态。一切幻若虚梦，金装堂皇，美不可言。

步行在广场之上，路边依稀有一两位抱着吉他对着麦克风自弹自唱的歌手。面对空无一人的舞台，越唱越有深情。这个歌者在流浪，抑或专门驻唱，出于弹唱赚钱，还是练习琴艺胆量，再者只是无聊了想在夜里痴狂，兴奋如我？

百思不得其解。疑问铺天盖地而来，情绪覆水难收。

3

一面朝天之门，面向两江汇口。站在古城门畔，朝向两江，天际的暗芒若隐若现。广阔无垠的视野中，大气之境尽收眼底。视野所及是两道宽阔的江河，长江与嘉陵江。若在白天便得看清，一江绿水一江黄流。绿的是嘉陵江，汇聚之后黄澄澄一片，黄绿交接之处庞然浪起。L哥抽着烟娓娓道来。

我欣慰此生有幸，看到地理书上所言的两江汇口。一直以来我的视野只停留在书本扉页处，见到两江汇合这般神奇的地理事件，我还是头一回。夜色弥漫，夹着雾都典型的雾霭，却依稀听得到江那边呼啸的涛声。

我曾在书上了解祖国无数的山川海岳。我可以说出地壳漂移，季风环流，却掩不住活生生目睹一次平凡的两江交汇时有如新生的兴奋和冲动。可见真实是多么刺激和幸福的事。我们活在太多的虚幻里，被蒙蔽了太多太久。

足下石阶的尽头是一艘渔船，上面灯光相接。隐隐传来驻唱乐队的歌声，狂野低沉，并不匀称精致的歌喉，有着山城夜生活的风韵。濡湿的风里飘着啤酒花的气息，那样热烈奔放，有如历代生生不息的渝都居民。很久以前，山城流传一种说法。重庆分上下半城。上半城是富庶人家的天堂，下半城住着平凡的劳苦大众。鹅岭是重庆主城至高，海拔相距下半城区足有百米之高。不得不叹城区是一座繁荣的山岭。

凌晨渺茫，依旧热闹非凡。辉煌宏伟的奥体中心，最具巴渝传统建筑特色吊脚楼风貌的洪崖洞，山峦起伏景致奇佳的南岸，匆匆在脑海掠过，留下美丽轻巧的名字。起伏莫定的困倦此刻极为旺盛，诱得双眼缠绵不断。

忘不了山路十八弯，忘不了这座建立在奇迹之上的繁华山城。爷爷曾在这里生活了十几年。他时常提起旧重庆的时光，就像刻在他脸上深邃斑驳的皱纹，持久而沧桑。我时常怀念小时候，那时我在深山里。四周是群山接壤的荒野,山脚下建了一个大型钢铁厂。那时候我坐在草垛上,总是想着群山外面是什么样子。爷爷抱着我,耐心给我讲他的故事,以及外面的传奇。从小我就不好好读书,是个坏学生。小学初中各被开除一次,加上高中、大学,我的母校有六个。但所幸我没有好好读书,让我得以过分地及早了解外面的世界。我觉得这样的一生足够了。

L哥抽着烟,眼角又干又涩。

听别人的故事,总像喝一杯香浓的咖啡。风雨兼程,亦无关风月。四肢困厄,迷茫之中,耳畔风声呼啸,L哥却依旧精神抖擞。社会上的人就是不一样。绚烂的都市退后,公路两旁飘走的树丛飒飒作响。路过乡村,我知道,我的下一步该往何方。

夜的山城,不夜的城。我想我应该继续自己的故事自己的传奇了。

II. 少年

1

一个昔时的哥们儿突然发来聊天信息:大帅你发了什么书。我乍惊乍喜,思绪如流。一别多年,这个高中时代的旧人物,究竟阔别了多久,多久未能谋面?

他还记得我叫大帅,黑大帅的大帅。虽是曾经比肩连袂混在一堆的哥们儿,时隔多年,未曾相见,隔着一个网络的屏障，彼此之间，已然有了腼腆。我静静地敲打键盘，一如我不舍让我的更多过去被提起，更多现在被故人所知。

知道我的人不少，了解我的人不多。两年的时光如刀割，足以消磨掉从前的一切默契和执着。我静静打下一行字，写着玩。我不想说得冠名堂皇，顺手牵羊冠以梦想之名，且疲惫于在自己人面前说客套的尊敬的话。

他没有礼貌地回我一句好话，我倍感安慰。我该卸下这身沉重不堪的外衣了。他把视频打开，我笑了笑接过。洞穿那张熟悉的脸庞，仿佛洞穿时光一瞬之间来到了那个残阳如血黄昏里的二楼居中教室，我们还在背着同样的英语单词。

越长大越孤单，越孤单越胆小。突然发现这些时日我害怕的事情太多太多，这些事从前的我本无所畏惧。在故友面前，我还原成那段时光的自己，留一头简单跟光头有几分神似的碎发，穿上那件洗得有些褪色的蓝色T恤。

他一个劲问我关于小说的事，我一个劲回答关于小说的事。古板的交流，老套的谈吐。试问原来的自己，何曾会顾念自己说话中不中听，优不优雅？这样的感觉让我温暖而熟悉。温暖以至于我主动臭美地告诉他，我不仅执着小说，还会很多其他的玩意。他在方框那头一个劲地傻笑，我也陪着呆头愣脑，笑得天花乱坠肆无忌惮。

不安全感的存在让我成为一名倾诉狂。那些掩埋在内心的苦水霎时泛滥开来，一波接一波，仿似我还是那个会因为成绩又考了全班第二，因为朋友无意间的一句冷落，因为我喜欢的女孩一瞬间的排斥而黯然落泪的自己。我学会了坚强，也终于迷失了自己。难过的时候我会笑，幸福的时候我却湿了眼眸，欲语泪流。反常的改变，是青春的归宿。

2

我发给他跳舞演出的照片，他欣喜若狂。看到镜头那边的他依然稚气未脱，我笑得僵硬。

还记得高三快高考的时候吗？有一天晚上，我俩在球场上瞎逛，聊天说理想。

记得。

当时我说我有三个理想。一个是考入理想大学，一个是青春作家，一个是原创歌手。你也说了你的那些理想。

还说好要去厦门的呢。

是啊，高中我的理想也是厦大。可惜如今在西大了。倾尽全力，也没什么好说了。

那时的梦想还在。不过现在的我没办法了。你有了努力和方向，我却迷茫。

过去那么久了，他都还记得。我想起高三那年临近高考的日子。下自习，我们从校外吃完汤粉回来，两个大男生闲来无事乐悠悠跑到空荡无人的操场上聊天。

就要分别。男生之间除了作弊和女生，一般没有其他话题。但不知那晚吃汤粉吃撑了，还是脑子锈掉，我们破天荒聊起了理想。那时候怀有天真的幻想和有最原始的神往。自以为大学是一个自由奔放，扬扬起航的地方，在那里，青春会真正地花开。

当时我并不知晓大学是一个比高三苦比高四忙却迷茫的地方。所谓高中时代的梦想，相继在此沉沦消逝。敢笑敢言敢爱敢恨的曾经，堕落成中规中矩服服帖帖。一旦毕业，所谓的知识通通见鬼，收场一群幼稚园里混混的结局。

在不知大学是为何物之时，我幻想自己成为大学生的样子。没有连夜赶作业，没有成堆的考试，没有老师的刁难，英俊潇洒，风姿绰约，还可以名正言顺谈恋爱。

考上理想大学，接下来便是成为作家和原创歌手。我野心勃勃，嘴上谦虚如此，心里却欲念横流。不，这不是野心，这也是好多人的理想吧？

一场高三，一次高考，令我对教育二字唯恐避之而不及。我说不清为什么，也不想知道。高考一锤定音，十年寒窗，无缘厦大。第一理想石沉大海，就这样胎死腹中。

厦大，高中三年心中的永恒。而今在西大叵测斑斓的夜幕下，我时常仰望没有星光一团焦黑的夜空，苦忆当年实力不济，跟厦大失之交臂。望向迷茫的未来，隔着一层层的雾气忽远忽近忽暗忽明。被搁浅的友情爱情在心中敲醒，多愁善感的旧时光树叶，了然夹在泛黄的日记间，仿似一场艳丽的烟雨，再也冷不下来。

他的梦想实现了吗？

我想知道，却不想问。因为有句话，梦想还在的话，证明你还没有达到。

音乐这个确实要天赋的。

是啊。我不知天赋是什么东西，真心喜欢，我便去做。成败只一场虚空，管它作甚。

仿佛心中有个人，懂得我的一切狂妄。却又不忍将梦打破，依然叫我努力，让我凯歌归还，或战死前方。

越来越多同学久违的联络，越来越多他们重新想起了我。从前那个写了第一个剧本没能出演，班会上连开了一场场个人演唱会，每一首都唱很水很烂的我，坚持妄想，走到今天，变成奋不顾身的我。

你们课多还有时间弄？

今时不同往日，念书早已不行，得过且过便是。我不可能回到那个埋头念书险些错过青春的年生了。

只要不挂科就是了。

难以置信一个高中时代读书靠前的人，上了大学却成绩倒数，却又不是因为游戏恋爱创业兼职之类的种种因由吧？又有谁会选择相信一个从高二结束那个暑假就恨不能退学，却在往后的时光里拼命学习，明明心里拼命抵制，行动上却无比积极的矛盾体呢？

选了一条路，就改不了了。价值取向的改变，注定了思想的蜕变，成长带来的假象幸福和久远深思，让我懂了太多。我不可能重新蒙在鼓里，我要在大学结束之前就找到属于自己的出路。

你有所不知，学习于我已成玄学梵文。上学期看似很努力拼命了，还是烂成一锅焦粑。

感觉你真的很有才。

现在才发现啊？高三的时候我就会开演唱会了，尽管唱得很水。

不是呀，主要是以前你就知道学习嘛，才会一直这样定位。

高三的时候我就会写剧本了，只缘后来唐老师取消班会，没来得及上演罢了。高三一年下来我那么努力，成绩却原地踏步，你们都看得到，千年老二。

果真的千年老二。

我怀疑高二时候考高考，会比高三还好。毕竟那时我还在局里，一味认真，攻读功课，幻想明天。高三时我已觉醒，骨子里对教育有了抵制，成绩不飞流直下，已算万幸了。

真是如此。

千年老二。转班之后，我没有拿过一个正式第一。每回都会有一个人把我踩着。也许是学习上的努力，弥补了我智商上的不足，成绩不高不低，恰到气氛。我常说高二时高考，我会考得比高三好。只有我能懂，如若现实有如果，我想这句话当能应验。

3

还看 NBA 吗？

大爱 Heat。

是啊，18 连胜了。他的时代已经到来，我没什么事就看比赛。

篮球，多年下来兄弟们最默契的话题。那段学习再苦再累箭在弦上放学也要去操场上投几个球的时光逝水东流，一起去米粉店里一边吃粉一边抬头看天花板处小电视里赛场直播的画面也已斑斓。好在我们都还保留有一些珍贵的记忆。

在一个新的时间新的地点，和旧的人说着旧时光里一起有过的梦和主题，欣慰得无以复加。

好久没看到你了。这两年来同学聚会我都没去。今年寒假拗不过他们，非要我去，可惜没遇到你。

是啊。为何大学你要搬出来？

宿舍每个人作息不同，早睡会睡不着，清早补觉也会吵醒，有时还会影响到别人，总之就是睡不够。你的睡功倒好啊，怎样都能睡过去，高中练出来的吧？

分析具体，总结精辟。听说你之前练过舞，又弄小说音乐，你哪来那么多时间？

街舞已远出视线，时间分给小说和音乐。

学习呢？

普遍的大学形式教育，学了又忘，不如不学。期末学他一个月很给面子了。

你可是越来越有范了。

可毕竟读书才是十拿九稳的事，念好了书，未来即便平凡，也踏实稳妥。相反，发展爱好却很危险。

害怕长大害怕老去，我们还有很多年轻的负气的想法未完成。作为一个标准混混，我对考试无心留恋，标准的考前强攻型，管他什么上大学，还是被大学上的言论。

学习不一定在学校，长知识不一定在课堂，奋斗不一定在书本，未来不一定在成绩。让为成绩自大的人继续自大，为成绩自卑的人继续自卑。你是你，世界上唯一的人。独一无二，你的人生别人无法左右，要用自己的态度，画出自己的轮廓。不管你有着如何高贵的低下的过去现在和未来，都不要相信命运。只有屈服的人才会喝下命运的毒药，才会叹服人之一生命已注定。你的人生，爱干啥干啥，不违法犯罪，天王老子也管不着。你活着来到这个世界，不就是为了绽放你一生的美丽？

那些看似匪夷所思，不切实际的事，往往就在我们低头蛮干，边走边晃，不止不休中徐徐到来。蓦然回首，那些年少时的想法竟都一步步实现了。梦想的伟大，不在于路有多远多艰险，在于我们保持一个傻瓜的信仰，不言放弃，誓不回头。埋头苦干之际，便是功成之时。

确实，搞艺术都要付出代价的。成功便名利等身，不成便穷困潦倒。你还这么年轻，就当潇洒一场呗。你还打篮球，玩游戏和看电影吗？

我喜欢接触现实的东西。上了大学，就基本没穿高中的球衣了。大一时穿了几次，后来再没穿过。不得不说，爱好篮球，学习再紧张下课也要跑到球场投两个球的时代已然过去了。

我的还在……早就过去了。要不是在篮球队，我就不去打了。

善始善终者寡。如今的爱好绝多是物欲化的新选择，纯粹的爱好，基本都放下了。只有两个爱好还在：日记、跑步，风雨无阻。

嗯，别无他法，现实就这样。

4

等你成功了，就写回忆录，从高一到成名那天。把兄弟几个写进去，到时候我们也出名了。

兄弟一生，没齿难忘。

好欣慰你找到了自己的路，我却在学校终年混日子，就等毕业证，学了都忘了。

彼此彼此。才大二便写不出大一的高数，连VF都忘得一干二净。我们这一代人，小学时念着中学的内容，中学时念着大学的内容，大学时念着科学家的内容，毕业时又念着处世的内容。教育一味急功近利本末倒置。我表妹三年级就学鸡兔同笼了，当年我五年级才接触这个概念。我上个学期交的某论文，还是在网上找度娘要的一篇小学六年级学生写的论文。

现在的小学题很难的。

学了记不住，记了又忘却，满脑知识，项项全能，却无一精通。十年苦读，灵性一步步泯灭了。

可我现在真的不知干嘛。你高中的那个呢，还在吗？

莫名其妙，我不明白他在问什么。会不会是我们当年的暗号，我高中那个？

不舍的眼眸被时光镌刻成孤绝的神色。一路走来，每个人都改变了太多太多。时间拼接起碎碎点点的记忆，纷扰的情绪决了堤。我们一起成长，说好一起面对未来。毕业那一季都承诺了。纷纷扰扰，我们还在时光的路上，却三三两两各自分开了，走散了。

即便如此，我们依然相信，沿着自己铺好的路一直出发，接近抵达，我们会在下一个人生路口，遇见一个让时光倒流的转机。我们终会回到过去，回到一整个盛夏的无所事事，回到并肩作战的高中，回到记忆里最温馨的故乡。

III. 浮生欢

1

第21个足迹，第21个年华，第21个不堪回首浅尝辄止的忧伤。

阳光烂漫午后。走在澄澈耀眼的树晕下，一个兄弟说，前面的女生好漂亮。我说我不喜欢这样的。他们问我喜欢什么。我说我讨厌女生穿高跟鞋，讨厌穿丝袜，讨厌穿西装，讨厌戴首饰，讨厌染发。我喜欢天真单纯可爱的女孩。他们说，你应该去高中。我说我刚才说了什么吗？

恬静的阳光充斥了散漫。光柱琉璃般倾泻下来，衬得视野一片白芒。

无声无息走到第21个路口。有一汪一汪茂密的草丛，一朵一朵绮丽的花儿。和以前一样，孤独地过一个流浪人的生活，每天活在忧患和拼命中。如果兄弟是手足，女人是衣服，我依然手忙脚乱地裸奔在岁月的棋盘上。喟叹这几年来赤身裸体度过的无尽寒冬，沦为孤独，成就孤独。

悉心准备了食材，一群朋友拥到家里，一时热闹翻天。

我不知道朋友的定义是什么。在我路过的风景里，朋友诠释出了各种温暖的邪恶的意义，所以我再也不审判朋友，开始直接接受。因为我怕我一审判，我就没几个朋友了。

和从前一样，又被人说长相和年龄不合，心智幼稚不如18岁。我总以为我在坚持我的信仰，可惜我是真的被时代洗涤掉了。

火锅上桌，饥肠辘辘的众人，霎时群狼出动。三轮火锅下来，吃饱仰翻一片。敬酒时，我说我孤身一人来到重庆，很高兴能认识大家，和大家成为朋友。却是说到第一句的时候，大家已经笑得前仰后合。我不懂笑点在哪，难不成这话里真有了沧桑的年代感？

正喝啤酒，一女生打趣说你怎么就不能喜欢我一下？另一个女生夫唱妇随，从旁作势，你没戏了，人家喜欢清纯的。我说我喜欢天真单纯可爱的，我所爱过的人都这样。我讨厌女生穿高跟鞋，讨厌穿丝袜，讨厌穿西装，讨厌戴首饰，讨厌染发。他们不问我为什么了，直奔主题叫我找个高中生。一男生更是当机立断，说应该去小学找了，这年头，高中生也挺早熟的。我说好吧当我没说。

我表示我什么都不知道。过去的羁绊沉淀在心里，让我根深蒂固地相信，会有那样一个女孩，单纯，可爱，善良，在未知的人海等我相见。我要去有你的未来。

说笑间，电视里播报篮球新闻。众友表示这个学期就没碰过篮球。曾经香饽饽一样举舍合资购买的篮球，早已漂泊别处，无人问津。最后大家一惊一乍，唱戏般一叹，哎呀，时光都过去了，回不去了，吃完回去打游戏睡觉。

酒过三巡，众人皆饱我独饿，便张牙舞爪，吃得龙腾虎跃。身体是革命的本钱，吃饭是革命的火线。这个风吹草荡，殇歌散尽的十字路口，我们已经不能熬夜通宵，不能随便剧烈运动，不能如少时那样血气飞扬了。退居青春幕后的90后一代，终究要这样中规中矩了。

吃完饭，几个女生跑来我卧室看韩剧花样男子。我想起一个女生，曾经走进我的世界，把我的心偷走，什么都不留。青春真是个好东西。看到一样东西，总能让人不由自主地想起一个人。

都说爱的反面不是恨，而是把彼此当等闲人。告别了那段年少无知的往事，发现自己既不爱也不恨了，却又绝非豁达。只是时光老了，人老了，那些事无心理会，无心往心里去了。

2

朋友一个一个回去，空荡的套房里只剩一张薄影。离多聚少，终究是人生常态。这时亲人找我通话，看到镜头那边熟悉的脸，我笑出声来。笑着笑着，镜头里外都没了话。里边不知从何说起，外边感动相视无言。一路上不离不弃的亲人，早已不是故时模样，却依旧是我认得的面孔。不论分开多久多长，第一时间让我想起让我认出的，也只有亲人了。

在浙江的兄弟打电话过来，单刀直入问候我女朋友。我说我还是一个人。他一声窃笑，说小道大道消息都说我有女朋友了。我就不说了，想听他的故事。他用十分钟来简述恋爱史，说自己的幸福，自己的生活，还要了我的地址，要给我补一个生日礼物。

高三那年，他也给我补过一个礼物。我好笑他记不准我的生日，却欣慰还有这样一个肯主动补礼物给我的男生。当时都管这叫"兄弟"，如今"基友"之称却甚嚣尘上。当年课间整个宿舍的人在一张床上扁一个人，动静之大连办公室的主任都听得到，却那般无所顾忌，唯恐天下人不知。不得不说，"基友"一词尴尬了所有过往的当下的兄弟关系，亵渎了男人的情义。发明这个词的人，内心比蟑螂还小强。

他的爱情长河有点长。我就安静听他的故事。我喜欢听故事，从我很小时候听妈妈讲就喜欢上了。

最后我说了一段话，他听完说要过来打我了。我说要谈恋爱高中早恋爱了，大学谈恋爱神马都俗气了。早恋青涩，晚恋温情，如今不早不晚，谈恋爱只会显得俗气，不如不谈。过去的羁绊给我很深的触动，遇不上对的人，倒不如拂袖旁观。如果有一天，我成功了，世人都会把我单身的励志故事传成一段佳话呢。

他反复叹了叹，老毛病又犯。啧啧嘴说我说得好，然后又说自己的幸福爱情了。原来我适合在一旁为别人祝福，却不适合亲身加入。待对方挂了电话，便匆匆写今天的日记然后码字。拉开抽屉，摸出表看时间，十一点半。有人说，11:30不睡是不要脸，12:00还不睡是不要命，姑且让我要命一次吧。

3

可事出突然，一个每天跟我嘀咕几句无关痛痒的话的哥们儿突然来找我，问我今天过得快乐吗。我说放心好了，我这有一堆朋友。当想起今早验收的手表，话不禁长了。

我从来都认为我是一个透明的人。如果能让人记得，我会很高兴。手表精致，躺在手心，不一般得沉，仿佛关怀的惦念。这些年来走散走失无数昔时的铮铮好友，好歹还留下一些，陪着我，一直陪着我，帮我遮挡赤裸的身体，让我在风雪中奔跑。我才终于明白，为什么能赤身裸体度过无数寒冬了。

"你的礼物真及时。"

"嗯呐。你在哪呢？找个女孩过来陪哥撒。" 科比连续发抠鼻的表情过来。

"在家。"

"怎么了,你都成家了?"

"我都单身,怎么成家?"

我真想反问这个老是狗血盘问我的兄弟怎么老是问我这些狗血无聊的话。我好笑,这家伙的思维总是那样跳跃,一点都不按套路出牌。

"那怎么不找一个嫂子呢。"

"想找呀,可惜她还没出现。"我转念一想,隐隐苦笑。

"别等了,等到花都谢了。"

"我讨厌女生穿高跟鞋,讨厌穿丝袜,讨厌穿西装,讨厌戴首饰,讨厌染发。他们问我喜欢什么,我说我喜欢天真单纯可爱的女孩,她们说我心智还小。"

"哥,你的要求和我一样。"

"不喜欢大学里各种成熟的复杂的男生。"那边正在输入,我一看愣了,"打错了,是女生。穿着简单的平底鞋,背个小书包,娃娃头,智商不高,又乖又可爱的那种,我喜欢。"

"我也喜欢单纯的女孩子。"

这勾起了我年少时心中的爱情,以及无法掂量的成人爱情。夜,女孩做客在男孩的家中。女生看着夜色,噘起嘴,跺小脚,不敢回去了。男孩会脱下自己的衣服,罩在女孩身上,展示自己肌肉说,有我送你回去呢不怕。同样的夜，女人在男人的卧室里。女人看着夜色，扭扭腰，啧啧嘴，不敢回去了。男人会脱下她的衣服，罩在枕头上，展示自己肌肉说，亲爱的快点。

"哥你和我要求很像，真不愧是哥们儿。"

他要我发手表的照片给他看。这个好大喜功的家伙。

我并非在乎礼物的人。从高中毕业，我就没打算再收到任何人的礼物。那些送过我最好礼物的人都离开了我，消失在我的世界。归根结底，礼物只是作别已久的旧时光心结，没了反而安心。既然长大了，便不会如少时那样，为了一个礼物而甜蜜兴奋，伤心落泪了。

4

然而，多年以后意外收到来自兄弟的礼物，令我手足无措。思绪游离，我还在原点。

"和你玩的女生应该很多吧。"

"还行挺少，都是浮云。"

我只想阐述事实，女兄弟还是有的。不料这小子有伏笔，我掉在他的圈套里了。

"可惜哥老了沧桑了，胡须一大把，没妹子瞧得上了。"

这小子思维跳跃的能力已成一绝。但见他一直盯着我笑，我才排除了他和别人聊天一不小心发到我这的可能。否则我一定钻过去打他一顿。

"但纵使浮云，俺看上一女的了。"

透过镜头可以看到他被岁月车轮砸中的脸上泛起点点涟漪。我没话找话，去冰箱开了一罐啤酒仰头就倒。深夜十二点有点凉。

"你的高二妹呢？还有补习班妹子呢？说好的大嫂呢。"

"别提了，男儿有志在云霄……喂，笑毛线你。"

"正常，我也被拒绝过。和吃饭一样正常。"

"谁说我被拒绝了，我是说妹子很烧钱的。"

我雷得外焦里嫩，屁颠屁颠跑去冰箱把剩下的蛋糕连盘端来，在镜头前大吃。他在那边表情纠结得跟麻花似的。我笑呵呵说，哥今天我生日你没能来，落下遗憾了，现在我满足你一桩心愿。看好了噢，我代你吃。我张开虎口。

"这个可以代替吗？！"

他在那边挽起衣袖，朝我挥了挥拳头，笑得我肚子都痛了。他和我说追女孩的故事，我仿似看见那个未谙世事的我也这样走过。记忆的碎片划过脑畔，我闷一口酒，安静听他说。

听完我好笑表示，向我暗示的女生真不少，但我都闷头一晃而过。他叫我等着，起身便去衣柜里翻东西。回到电脑前时，戴上了白色帽子。高三时他曾头发剪得过分，养成了戴帽子的习惯。我分外感慨，时隔多年，他还戴着帽子。

"时间过得好快，但是我不想变啊。"

"你说我们还能一起打球吗？"

"当然啊。想回到母校了。我想母校，就像我依然想念那些我喜欢过的和我很好过的女孩一样。"

"我也是，我要见那个高二女生……唔，不过她上高三了吧。"

"嗯，你的花儿就要盛放了，不过可能不是为你而开。"

"哎，句句诛心，却又再找不到第二个像你这样诚实的人了。"

"人生得一知己足矣，古语都这么说了。"

"越来越文艺青年了。"

"可是把文艺转变成 RMB 难啊。"

"自恋，表扬两句就露出尾巴了。"

"对，我和高中一样自恋。咳，废话少说。要么五一过来，要么国庆过来，自己看着办。"

"好……哎你怎么傻笑不停？"

"难道要哭啊？男儿有泪不轻弹，纵使已到伤心处，"我灵光一现，"毕竟，眼泪是成功时用来修饰的，努力中的人不相信眼泪。"

眼泪是成功时用来修饰的，努力中的人不相信眼泪。

5

夜又静了一圈。科比突然提议，听母校的歌。两人听着，便不再说话和打字了。那些熟悉的旋律好久没有听过。孤身一人，我怕听了我会在被窝里失眠一整夜。如今有人一起听，我想我会勇敢一点。

回顾我们一起追女孩的年华，往事跳过胸口，按捺不住，我从未轻易跟人提起。我跟他说到了两段关于放鸽子的故事。回忆很长，草草带过，却用了很长的话来决定：我要用我的成功，给曾经那些放我鸽子的女生最温柔的报复。

深夜一点半，这货还活蹦乱跳的。我抱怨，若非难得和他说话，我早就仰头大睡了。他呵呵笑一声，表示平时都是一点半睡。果不其然，那话刚落，就和我说再见，头像以迅雷不及掩耳之势灰了下去。我一怔一愣，木然良久。

第21个生日。回想母校度过的18成人礼，回想礼物最多的那个19岁，回想正式踏上奔三路的里程碑20，以及眼前年华荒芜五味杂陈的21。

来的人又走了，走的人消失了。留住的，都将是我用尽一生去好好珍惜的。纵使我不知我还要裸露多久，但有这些七手八脚，生命还能将就，还能好好地过下去。

别了！那个不习惯被女生放鸽子的我，那个在乎礼物的我，那个打篮球全场叫苦的我，那个因为喜欢的女生难受也跟着伤心的我。

余生愿走好每一步，奇迹会在下一个路口等我。我也要努力朝那走去。

IV. 败灵

1

如果不是亲身经历，我不愿相信，大学生输给了初中生。樟树林下。四周是行色匆匆或信步遛狗的人。残阳已落，腹中饥饿如刮。站在街道渺小的角落，像在生活的边缘。生活就是路边摆摊的菜民，路上飞驰的富甲，和漫无目的游走的小康。没有人关心矫揉造作的痴怨爱情，没有人关心别人的生活还欠缺什么。

初来乍到，往人群里一站，便觉羞怯难耐，一无是处。如有千百双眼睛利剑般刮削着我。迎面走来一个梳妆盘发，气定神闲的中年妇人，手持拎包油油发亮，像儿时很贵的足足三元一块的牛角面包。

我走上前去，堆满廉价的微笑。推销的境界，是把没的说成有的，有的说成美的。难能可贵，贵妇人大方登记一个号码，便一晃一摆步入了人潮。

这时飞哥走下摩托，说我今晚能要到十个号码，那就成功了。我唯唯诺诺点点头，成不成功，永远不是我说了算。麻木失色的笑容，让我不想跟陌生人搭话。可想起社会即是人皮面具的富集体,这个天大的真理,让我重新振作起来。

天色向晚。艰难的处境,挥霍的支出,让我想起远方的亲人。他们都知道我的执着,恨铁不成钢地说我要实际,不要再花钱玩钢琴这些无聊的东西了。我说我还年轻,有些东西还没有发挥作用,绝不能当它没用。总有一些东西性情慢热,以年为单位,等候时光打磨,重塑,新生。搁浅的时候,我举步维艰,可有朝一日扬帆起航,我将受益终身。

暮色降临,辗转至校内广场。相比行人如织的闹市,校园可谓一片净土。一群老人坐在藤木交椅上,一边照看儿孙,一边看报唱京曲,画面其乐融融。

分点工作的两个男生也一同过来,闯进人群,闷声不响地塞传单。不足两分钟,花园广场可谓人手一份。我摆头转向另一块没被传单污染的花坛,挨个挨个询问,顺便和藤椅上看报的老师聊起了家常。

老人所说可谓天南地北,无所不包,最后挥手和我告别。我笑语泪欲流,我搭上了一个房屋设计专业的教师,却在不知情地向他推荐房产。真是关公面前耍大刀了。

2

没有月亮和星星的夜里。一丛茂盛的树下,有一片羽毛球场的林荫，夏之活力开遍每个角落。工作结束，两个男生一无所获，我成了最高。来不及欣喜，飞哥告诉我，女生组那边，同样是三人，却是人均战绩比我们相加还高。

来不及惊讶，飞哥一句话，令我陷入无边的悲伤：她们还是初中生。

如果女生凭借团队合作，凭借无可抗拒的亲和力，让路人招架不住，我不会那么惶恐。可她们只有初中的阅历，却比大学生做得好。不高的底薪，对于她们来说，是一笔财富。她们可以用来做很多事，兴许这笔钱，便是未来学费的一部分。她们不知人心拥挤社会复杂，甚至不懂这笔工资意外着多少，摆在她们面前的，永远是一份赚钱的工作。一千多的学费，她们都可以在一个多月挣到。她们想挣钱，便要放下一切，使劲做好来。

而我们习惯了养尊处优，在安逸窝泡得太久，骨子里的克勤克俭，大抵消磨殆尽。这笔钱对于大学生而言，兴许只是一顿火锅，一个晚上的电话费，也许连一个最低级的游戏装备都买不起。

所以我们失败了，因为价值和态度。如今越来越多公司企业，宁可要一个中学毕业生，也不愿要一个大学生。听到这话，我心如刀绞。教育在我们前进的路上，将我们推入了难以回头的人格深渊。学识上去了，品质却江河日下。

越来越多的安逸麻痹了我们的毅力，越来越多的人沉醉在象牙塔中无法自拔。我们是社会栋梁，比社会上的人有更美好的未来。我们是成大事的人才，是天之骄子，是国之精英。兼职之流，皆大材小用。于是眼高手低，这儿环境差，那儿待遇低。坐等可造之机，枯叹一身是才，却无有眼之人赏识。空叹怀才难遇，理想胎死腹中。

太多的人这样想了，太多人就这样在时代浪潮中坍塌沦落。无心立足长远，不能着手实际，不肯卧薪尝胆，却盼一飞冲天。殊不知真实的生活绝非童话，背后还藏有无数个白雪公主的后妈。

我们还是原来的样子。唯一的收获，是年老了一岁又一岁。体格不敌当年，文化跌至谷底，镜片厚度直线突升。终有一天，我们要懂，为何企业不看文凭直接叫人现场展示，为何女友会追随丑不拉几的大肚胡须男，甩下痛心疾首海誓山盟的自己，为何遮天盛世满目疮痍的繁华却不能人人分享。

试问脸皮薄如纸张，手无缚鸡之力，岂能让你位居高位，号令群雄？

人心拥挤，只因不够强大。当有一天你足够强大，你会发现，所有人都会绕道而行，你的路上，无人可挡。

V. 格桑花

1

清早铅云笼罩。整个城市上空盘旋着滚烫的气流。

明电话打来，达州暴雨，火车晚点。赶到车站，那个熟悉的身影出现在人潮后头。明身体有些发福，白线条衬衫，黑漆牛仔裤。一口乡音未改，北方城市过来的他，意外地显得土气。

我感受到重庆的热情了，明上气不接下气地取下背包。我含蓄一笑。前天雨落，难得今天大阴，算是经久未见的凉快，这小子初来乍到，幸运避开艳阳，得了便宜还卖乖。

公交车一路辗转，爬了好久好久，仿佛半个世纪。踏上这片土地，时间又长了一岁。四野建筑宏伟犹如重峦叠嶂把阴天割裂开来，像一片一片的玻璃。我带着一个全然陌生的游客，走进我的熟稔记忆和我在这片天之下的时光。

江口汇合，水天一线，延绵至极目尽头。穿过熙攘的路摊，明脱下鞋袜，提起相机，踏入水中。水凉凉的，黄河一般黄。我捧过江水，摊开掌心，看着游沙在浑水中涌进指缝，消失无踪。我想黄河水不见得多黄，漓江水也不见得多清，世间相似的芜杂，皆是世之虚名。真实往往被常识性的认知掩盖，久而久之，便成了人们眼中的真实。

明坐在河堤上，脚丫踏出水花。我按下快门。照片的斜侧是一对老夫妇，并肩踏在水中，灰尘散落的老花镜里，倒映着慈爱的夕阳。半个世纪的时光,如雪花飘散在蒙尘往事中。他们恩爱如初。英俊的脸庞爬满时代的沧桑,垂暮的身子不堪一击的孱弱,却依然勇敢地在匆匆江流中搀扶,像要一直走向生命的尽头。那个他与她熟悉的年代,流逝在低矮的小巷里。退幕的潮流一浪一浪,新的生命不断来到世界,旧的陆续离开。一岁荣枯,十载朝夕,在老人眼中流落,叹息声写进黄昏。

这张尊贵照片的主人,该是那对老夫妇。

瞭望江岸斑斑落落的房屋,栖息的飞燕从江畔匆匆飞过。那对老人,那座山城的历史,古旧犹如泛黄的日历。画面模糊,却历历在目。历史总有时代无法继承的禀赋,偷换来的味道更不是原始的那味。唯有重返时光的裂痕,才能依稀找到那个诗意年华在幸与不幸的周遭里生下来,活下去的人们。

沿着环城公路,依稀可见对岸江中银白色的浪花。太阳的温度烤得地皮刚好。缓缓退后的树林,洒下片片阳光碎点。树叶婀娜,簌簌作响,暖风习习,挥之不去。我看到的仿佛是小学初中那会儿无限和煦的夏天,耳畔响起的,依然是周杰伦那首风靡一时,唱遍华夏的《七里香》。我曾到过无数个唤不出名字的地方,它们有着不一样的夏天,味道鲜美,却和眼前的盛夏一样繁大久远。每个夏天的旋律,都像那首经久不息的《七里香》。多年之后,异乡想起，心中回味良久。窗外的麻雀，在电线杆上多嘴。我想起青葱的年少，一整个无所事事的暑期，夹着我的简单和无知，飞向久远的洪荒。

明在一个不用空调的北方。他说那地方的海风会抚平所有烦躁，四季气候温顺如羔羊。不像这儿的夏天，只会令蝉噪更为猖獗。

我笑着说，最好不要夏天来这儿，它的温纯不是每个人都会爱上。独我对这样的夏天有着莫名的好感。盛夏，有阳，有树，有风，还有不知名的昆虫和鸟兽，足矣。

2

城北一家老店吃火锅。明突然抬头说，重庆人民很幸福。幸福，此话何解，持续的高温，坎坷的地形，极化的贫富，还是山城的闲适？

能经常吃上重庆火锅，不是很幸福吗？我点头无言以对。突然一个电话打来，L哥要过来蹭吃。我不解释，让他自带啤酒，立马飞来。

刚挂电话，背后一个啤酒肚撞了我一身。L哥坐下，要了可乐抽支烟。开始寒暄，有趣的事情发生了。L重庆话问，明桂林话答，两人鸡同鸭讲，不知所云。于是我掌握多国语言的优势顿时凸显出来，不亦乐乎给他们翻译。所谓学好重庆话，走遍西南都不怕，这句话是有科学依据的。

吃罢站在路边兜风。温暖的夜风拂来，吹得人直起鸡皮疙瘩。不如带你的小兄弟去看国立复旦大学遗址吧。复旦大学，不是在上海吗？我们异口同声。

不多时，在一丛马路破败的树林里下了车。右手边是一所民国时期的旧房子。所剩无几的灯光，把颓废的旧屋衬得阴气森森，神秘不可逼近。这一幕让人想起儿时看过的民国鬼片，不禁毛骨悚然。暂不说大门紧闭，即便开着，我想我也不会进去。难以想象，阴暗的民国旧居中，突然房梁上飘来一个蓬头垢面，全身白衣的影子，会是多大的惊悚。

沿着江边呼呼的风前行，透过树林，江面的暗潮甚是凶猛。顺堤坝而下，才走到斜坡一半，发现已前无进路。江水漫过沼泽，已涨到堤坝一半。前方的警戒线外，有几个中年男子，趴在铁质扶栏上，一边踩水，一边抽烟，双脚被江水拍得雪白雪白。可惜了这场大雨，让嘉陵江浑浊泛黄。平时的它多么可爱，江流轻缓，仿佛家门前的小河。

明心血来潮，跟我们聊起他从丹东跨过鸭绿江大桥去到朝鲜的往事。我觉得这像一个传奇，引人神往，不可思议。从某种意义上说，他践行了出国梦想。用最低的花费，过了一架桥，看了一场中国 80 年代的朴素风景。我发誓我也要像他一样，去一次丹东，目睹这神奇的城市。明停不住嘴，说了很多朝鲜禁忌，礼仪，风俗，让我身为祖国公民而无比傲骄。

可这终归只是一个想法。外面怎么样，都与我无关。我们总是这样一个小人物。小时心怀大志，想要改造世界，长大发现连自己都照顾不好，却偏对世界充满渴望和胸襟。日新月异，莺飞草长，自己却一成不变，老态龙钟。

这时我想抽支烟。我没有抽烟的习惯，只偶尔会接受别人的好意抽上几口。而此时这样的欲望是那样主动和强烈。忧伤就像一支烟，入口轻绵，吸入肺腑，吐作挣脱不开的烟圈。

3

古镇。如果不是因为他，我想我再也不会来了。故地重游并非收割感动，有时只是徒添一把沉重的枷锁。满街琳琅的饰品，浮夸的地方美食，一律不敢恭维。唯一入眼的，便只有古镇残存下来的古迹。

可不幸的是，商业化却将最后的古迹也遮掩抹去。走在拥堵的黑石窄道上，路边是浓稠的黄油，灰色的纸巾。青砖石瓦销声匿迹，渺渺难寻，树干上背阳的青苔，也被路人刮得所剩无几。门外是仿古的新式建筑，门内是现代的商品展区。若不是头顶枯朽的楼宇，缠着一丝青烟，我根本找不到古镇的理由了。

此行唯一让我快意的，便只有在庸碌之中寻找安静。

那样纯然的快乐，让我听不到路旁不绝于耳的吆喝。明却是标准的背包客，挎着包，持相机，在我身前身后窜来窜去，抓拍一切吸引眼球的瞬间。

其实我不喜欢拍照。旅行是眼睛的流浪，心灵的假期，不该是相机快门的哼唱。那样浮华的纪念，在时光中终究转瞬即逝。而用心去留念的风景，会一辈子深印在脑海，持久如姓名一般。我厌倦没完没了满街拍照，忙里忙外只为换几张廉价好看的照片，错过一幕又一幕真实透过眼球的风景会让我觉得，比起拍照时亮出剪刀手更为心累。

一个路边的画匠引起了我的兴趣。凌厉的眼神，落魄的衣着，矮小的身形，挥动画笔的手指上层茧丛生。

来过一个地方，总该带走一些纪念。出于这个绝对的真理，我决定带一张画像回去。招牌上写着十元一张，随后才知十元一张的竟是平面画，就是那种给你十双眼睛，你也看不出画的是谁的那种。

我暗吃一惊。展览架上邓丽君，赵本山之流，原是四十元一张的立体画。我身上仅带二十元现金，那画匠便允诺二十元也给我画一张。十分钟后我拿到自己的画像，乍一看不太像，又仿佛有点像。一般画匠的造诣就停在这层次吧。他拿出一张透明贴纸，说若没贴纸画易脏。来不及询问，他便贴上了。最后我重申只有二十元，他轻轻一笑，就当送你。

热辣的阳光烤得街道古旧。事件的起初，是看画匠面相亲切，便选择画像。随后他采用心理攻势，诱导我别无选择地掏出四十。所幸我全身上下只有一张卡外加二十元。他犹豫片刻，还是画了。那幅立体画完工，他火急火急给画像贴上膜，一层膜竟要二十。我吃惊世事难料，你讨到的便宜，迟早会让你吐回来。我笑着酝酿表情，重复我的初衷。那画匠却又不似市井俗人那般死缠烂打，更没有恶语相加，只是轻盈一笑，权当赠送。我心里春暖花开，五味陈杂。

回来路上明不停唠叨，说我赚了。我莞尔一笑，或许吧，我和画匠都得到了想要的。

4

无星，夜上缙云。华灯初上，山路盘绕，摩托车猛加油门。没有星星的夜晚，山路如一条暗黑色的长蛇，直通未知的高处。孤独的路灯在远处发散出柔弱的昏光。

夜就要黑的。

伴随一路的油门嘶鸣，车行至半山腰。丛林间的冷风如猛兽扑来，打得眼眶生疼。这才是有活力的夜晚，不像城里三更半夜却依然温暖的风。人迹茫茫，树干吹垮倒塌在草地上的声音从沟壑传来，车灯前飘来大大小小有如花瓣的粉尘，雨滴一样沾在灯上。

湿润的水汽笼罩在前方公路的尽头。好舒畅的雾气，有雨的感觉。我擦了擦被刮花的眼镜。

不只是一种感觉。L哥背过脸来，我看到他的脸庞爬满透明的液体，沿着轮廓冉冉流下。雨来得快，树林的细缝，也开始飘洒雨点。

要不要继续上去？

回去吧，你们晚上还要收拾东西。

去。何须惧风雨，末了淋个痛快。

我和明煽动L哥加大油门。我从来不会因雨导致生病，鼻涕都没为此流过。原谅我无法理解人不能淋雨的常识。

可是雨好大了，L哥举棋不定。看得出来，他亦不想错过这个登顶机遇。无奈说话天准，话音未落，雨帘如巨炮轰下，瓢泼般冲垮了树枝，打在四周路面上，溅起飞扬的水花。

有没有这么通灵，我等苦笑一声，全身而退。找了一块晒山药的晒坪，三人疾奔树丛下。山雨欲来风满楼，山雨来了凉飕飕。我抹着湿漉的头发，双手叉腰，发表总结。

雨势很猛，却只是憋足了劲，不消十分钟便声嘶力竭，躲回山谷去了。我们乘势上车，一路空挡滑翔而下。夜风带有雨露的清新，凉意穿透身体，犹如寒冰。回到城里，又是一场追杀而来的雨。迫于无奈，我们只好找茶馆坐。围桌沏一碗热茶，赏一夜骤雨惊风。

5

走下动车,穿越站台,朝一抹亮斑挪动。走出,阳光倾洒下来,有如春光般明媚忧伤。静好的平原气息。

成都。

曾听说这儿不热,没想到会如此凉快。我从渝都带来的隐忍坚强,都显得那般没有必要。一马平川的视野里,极目远眺,景色舒坦温和。再也不用累死累活爬坡爬梯了。地铁在黑暗中飞驰,银白色的灯光在眼球上一晃而过。难以置信,俩钟头前,我还在渝都,与40℃的火热搏击。很快我们找到了客栈,温馨如家,背包客的天堂。老板娘是成都大学刚毕业的学姐,性格平和,极好交谈。明忙前忙后,抓出相机来拍客栈,很有未来导演的潜质。因为大陆导演什么都拍嘛。

休息完毕,去到一条最具老成都味道的巷子。古风十足,底蕴浓厚,一砖一瓦之间,依稀还能分辨出那个年代的味道。只可惜真实古老的沉淀,如今已所剩无几。巷内赏客拥堵,身后总有不断赶上的游人往前推,连驻足赏析的机会都没有。商业化横扫了太多古色古香的韵味。可见到成都泛蓝的天,突然心中一片澄澈。午后市区游走,试着读懂这里的生活。一座端庄大气的悠久古城,一方来了就不想离开的人间宝壁,天府之国,佼佼福地。

老成都，最中国。

许久未见的是，车水马龙的大街上，横纵游走着女士摩托和自行车。这番情境若是在渝中看到，准是太阳打西边出，范进都会武术了。我乐于想象在重庆主城里骑自行车，骑着骑着车便倒退的高难度表演。并不高耸的楼宇，并不通畅的交通，并不放心的人行道，并不腻人的美食，是我片面的成都印象。

回到卧室已是10点，隔壁室友都在客厅三国杀。洗过澡，趴在床上看照片。翻出手机是一个未接来电。我摸索着打了过去。

小y已经回家了。我突然好想家。

"那就回来。重庆那么热，我才不要待下去。"

"抗热是我与生俱来的功能，谁让我是土生土长的农民儿子，从小地里爬田里滚的。"

"好嘛，精神上支持你。"

"来这一天就想回重庆。更想回桂林我的故乡。"

成都真好。可对我而言，终究只是路过。我也只是一位匆忙的过客，沉醉在远行的路上走走停停。旅行是心灵的蜕变，心在漂泊中洗涤，晾干，变得干净澄明。或许从头路过，这里就不是昨天的样子，但若明白了来之前的困惑，这场旅行就值得。

6

听人说，到成都，不能不去都江堰。我疲惫于此类绝对的说辞，好比愤青们常用的不顶不是中国人之类的伎俩。世相浮夸，充斥了耳膜，迷失了我们的思索，带着我们走向越来越深的暗巷走不出来。

我所见的都江堰并没有多雄奇瑰丽。凌驾于它之上，诸如长江黄河，百岳山川，不尽其数。然而我依然赞美这奇迹的存在，却并非是苟同关于都江堰的传闻。我只是亲眼所见，亲耳所闻，那个时代的这个奇迹。历史终归神秘，看过历史书，多少也就够了，可风景是有生命的，唯有亲历情境，才能切身感受。

沿着青石路面逆行而上。滔滔江流，如滚滚惊雷，蝉噪不绝，夏之酣味无穷。临江俯视，令人眩晕。四野清净，游人很少，兴许是前些阵子都江堰暴雨传闻所致。难得空暇，我俩兴致大好，得以如愿完成一场安静的旅行，快哉快哉。

是夜。隔床的男生来自江苏，一口浓郁的吴语听来悦耳动听。明给他看此行的照片。男生礼貌地掠过一眼，拿出单反，说自己只拍了一张。

在哪拍的？

人民公园。

我们去过。风景都是人工的，不好看。明兴味索然，我趴在被窝上修剪指甲。

　　去到每个城市，能拍一两张有代表性的照片就足够了。我拍这张，无关公园，只是看到一个老人，搭着二郎腿，抽着旱烟，悠闲自在地靠在栏杆旁看鱼。那姿态，让我隐约读出成都人民的悠雅。

　　男生说得头头是道。不愧是摄影专业的，风流轶事不说，摄影尤其专注。我欣喜有生能遇见这样一位不浮于生活表面的男生。独到的眼光，不拘一格的角度。他说还要去西藏，我想他去对了。

　　我们想起旅游便是相机。人们甚至可以不看风景，但不能不拍照。不能原谅照片里没有自己，于是摆出各种美或不美的姿势，冠以纪念时光之名，咔嚓咔嚓留下一片数码狼藉。最后回忆时，什么也想不起。那些照片的画面，失去了最真实的眼球记忆，多年以后再看，再也生动不起来。

　　最初的旅游是没有设备的。一双眼睛，两条腿，一个大脑，甚至前两者都可以没有。常听老去的一代，说着上个世纪半世纪以前的故事。路过他们口中光怪陆离，斑驳是非的时代画面，我们何尝不欣羡。眼花耳聋的老人，糊涂时连儿女都认不出，却能有板有眼，有声有色地忆起当年的朝朝暮暮。

他们没有相机，也没有照片。他们鼻梁的老花镜，是他们透视历史的资本。活了大半个世纪，用大半个世纪的眼光，大半个世纪的心，记录一路来的生活时光。他们是记忆最好的人。

不知什么时候起，旅行和拍照环环相扣，缺一不可。如此关联，就像生活没有了手机就如同失去双臂一样。这样的共生持续太久太久，根深蒂固，成为我们的习以为常。

但须知，最美的时光，最美的风景，须用最亮的眼睛。

7

地铁在黑暗里穿梭。

还有多少分钟？

五十分钟，我看了看手机。明焦灼地抱着书包，靠在车厢上沉默不语。

生活中，检验朋友的方式千奇百怪，无奇不有。这些日子如影随形，我们之间有了出入。途中，我基本闭口不语。因为我始终觉得，旅行中谈话和拍照都是多余。我们性格相合，却在这场旅行里发现彼此不同的影子。我向往自由自在的逍遥，他向往青春励志的磨炼。我们是最好的兄弟，但似乎不是一起旅行的驴友。

彷徨一阵，心头堆满了难解难消的雾霭，如同冬日里的渝都。地铁的门终于打开，离进站还有二十分钟，明突然说,来过这儿就真的不想回去了。可真是一个明媚善良的男孩子。

灯光骤然退后。明风急火急找出口,我堂而皇之地跟上。

其实人生没什么大不了,坦然,一切都会对你微笑。你急或不急,时间都摆在那里,一分不多,一秒不少;你疾跑或慢行,终点都停在那里,一米不长,一尺不短。时间总是宽容而神圣。目送他走远,我却无力追上。来不及说句道别,这个快乐的少年,便消失在车站的检票口,隐约之中,冲进我看不到的地方。这样的道别来得凄凉,碎碎的让我难以收拾。

慢慢走上扶梯,验票的路口拉着玻璃。我就知道来早了。用我从前的话说,这个年代老去的青春,已经没有什么事能让我张皇无措了。生命还在,一切都不重要,不是吗?

明就这样踏上了南下的火车。站在候车厅空旷的瓷砖上,静静看着自己的倒影。简单如他,性格轻快直爽,热情开朗。我却截然相反,沉默寡言,心如止水。到底是我看透惊涛骇浪,平静如归,还是我终于老成,无波无澜?

沿途的风景飘向脑后。我突然想起明说的格桑花。他说格桑花是这个世界上最美的花。他要带着心爱的背包,亲身探访这伟大的传奇。听完他的故事,我也很想一览格桑花的微笑。原来，彼此各有个性，却还能开心地玩在一起，这才是真正的生活，真正的朋友。

动车疾速行驶，靠窗的女生一袭栗色头发。阳光洒下，打在她指畔的青春读物上。好文艺的角度，阳光不刺眼。我冷静地坐在一边听歌看照片，等她下车，我移到窗边。这边风景独好。

回想从阔别到重逢到分别，我平静地路过这一切，手中带着几千张不是自己的照片。听着熟悉的歌，仿佛回到温暖的故乡。一条河畔，有金色的阳光，蓝天一样的翅膀。她在河里戏水，穿着翩翩荷叶裙向我走来。青涩的脸庞带着午后的疲惫，手里托着那年我给她的那盆未开的兰花。

VI. 向晚

1

愁云缠雾，大雨初歇。

在店铺给车打足气，驾着蓝翎，沿途城南一路而下。路旁缤纷花草，一闪即逝。晨曦霜露，迎着车头，纷纷飘扬在额头，拂得面腮清凉。穿过城南大道，步入乡野。一路你追我赶，浑身长袖翻飞，一种凌空飞翔的错觉。

前方是渺渺稀疏的行人，晨雾笼罩在马路延伸的尽头，盘踞在四野的村庄，升起几朵青烟。车穿过树荫，突然前方一幕，像阳光铺洒下来。如沐春风。

那是一对中年夫妇。丈夫抽着旱烟握着车把,骑在单车前头,微微摇晃,妻子笼着围巾缩着裤腿,搭在后座。清凉的晨风悄悄吹来,那股浓烟化作淡淡清香,袅袅飘入鼻翼,却未见妻子发丝翻飞。我看着瞅着,温暖动人恩爱浓情的画面,让我深深为这对朴实夫妇折服。世间蹉跎无尽,相扶到老不易,这对夫妇却风雨同舟,那样的默契,得经历多少时日的打磨呀?

我想这就是爱情。我突然回想起一个老旧深沉的故事。曾叹奶奶那一辈,一生只爱着一个人。过桥进门,入嫁从夫,一世清贫,感情单调而稳固,似乎一辈子都没有吵过架。那个韶光暗淡的年代,那个封建制度威逼利诱的浪头,那个饭都吃不饱饿殍遍野的悲凉荒秋,都没有动摇单薄卑微的感情。阳光同济,几个十年抹去,竟真的一辈子都没有争吵。每逢不和,你退我让,便能化解干戈。长相厮守,便是世纪。直到对方老去先去。我曾不懂那份长久坚固的爱情,如何在岁月涟漪中安然无伤,逢凶化吉。

而今年岁陡增,渐渐明晓事理。那时候感情出了问题,他们只想着如何修复弥补挽留。而现在的我们,却想着换下一个。于是,我们身边路过了太多太多本以为约定终身的人,却从未满足。喟叹幸福缺失,游走在生命之外。相较之下,老去逝去的那代人,一辈子多半只有着单调死板的爱情,迂腐而陈旧,但偏就这样旧时代的爱情,萌发了白头到老的夫妻情深，孕育了岁月相随的夫妻之道。

我摸出手机迅速抓拍这个温馨的瞬间。这些波澜不惊的爱情背后，有太多引人思索的话题深意。奈何年少猖狂，这一代爱字不知何解，却已为爱买醉消愁。我想我们欠缺的太多，占有的太多，最后却未成正果。少一丝世态浮华的焦躁，多一份岁月静美的宁静。当生活不再是为自己一个人过，便是爱情的开始。

自行车绕过垂下的樟树叶，划过那对朴实中年夫妇恩爱的背影，驶向前方的迷途。我张大嘴喝着风，一身轻松。林一路唱着歌，快乐得无以复加。

2

一路骑行。亲历风沙走石的修路地段，跨过白沫横行的潮湿泞泥，阳光初露，视线澄明。中午途经大学城，想着朝勇一席人在此逗留，便寻思会合。一路人烟稀疏，整个街道，如处黎明晨暮之中，夹带着湿润的花香扑鼻而来。

人烟稀少，门庭冷清。视野所及，是一座座林立高耸的写字楼，宽广笔直的大道上，落有几只麻雀，叽叽喳喳啄着路上的碎东西。飞扬跋扈的单车掠过，飒飒作响，雀儿惊慌失措，乱蹿天际，拥向路旁的各个枝头。微风拂来，路旁的树上落下初秋的果实，我安静地享受这难得的惬意。

路过重师，人烟渐渐密集，便下车推行。坑坑洼洼的窄道里，前后拥堵热闹非凡。不消片刻，便到川美。朝勇一身天蓝色的外套，配着一件贵人鸟白T恤，那叫一个华贵雍容。无奈下身一条土不啦叽的黑长裤，白鞋子微黄，我笑叹转瞬之间，时髦变乡村，顿失伟岸。

  在熙街一个美轮美奂的餐厅吃过午饭。出来不经意间抬头，一朵装裱精致的路灯吸引了我的眼眸。那样色彩鲜明，有如精心雕镂，其后米黄色的碎砖和淡草绿色的花墙，仿似无边的黑洞，将我紧紧吸附其中，不能自已。路灯，旅途，漂亮的墙，气质的走廊，花与鸟，草与树，美丽天成，竟和小说封面里虚构的画面七分相似。

  我惊叹如此美妙的遇见。我深知绘画封面源自现实，但亲身路遇现实和虚构的交接，那样逼真生动，深深触动了我的内心。封面里昏黄的灯光，迷离的路途，立体而熟悉。仿佛我来到这里多时。我轻轻推着车，微笑欣喜不知所措。抬头仰望那碧绿单薄的树叶，浅蓝色的纱窗半开，迎着午后碎碎点点的阳光，打在灰绿色的地板上，粗糙而明朗。我路过的风景各有其美，却唯独对这惊人的相似感慨万分。

  挥手道别，继续上路。那片立体封面渐渐靠后，存留在相册深处。我惊异今朝完成理想与现实的交接，故名沿途的堇色时光。

  这样的青春时光有着不拘一格的堇色，不老不旧，不新不嫩，时光在路上，青春作传奇。

3

正午的太阳升得正高，一路浴汗周旋。映入眼帘，是深不可测的璧山隧道，在高速公路延绵的尽头。

高速公路……看着路旁公示牌的黄底黑字，我如遭当头棒喝，严禁非机动车通行。千里迢迢来到这里，才发现走上了高速。我啧啧嘴原地徘徊，苦思冥想对策。林推着车在一旁束手无策看着我，我看着天又看着地。心想，多半要辜负此行了。

要不要重新找路？林揣着手机权衡起来。我端视灰蒙蒙的天色，时近黄昏，再找路过山，怕是晚上回不了北碚。

走，过隧道。

大哥高速啊！

我知道，隧道两边都有人行路，我们推车走两边的狭道。

告示牌上说严禁行人进入，违者依法处理。

做事畏手畏脚，瞻前顾后，怎能成大事？

我不置可否，推着车就往前走。通过收费站，隧道里阴风哗哗刮来。我坚信再往里走，走着走着就到了。林后来居上，停在隧道口，木讷地等着我。我顺势赶上，瞅着隧道口的黄牌，心里的石头再次悬起。未等我跟牌子大眼瞪小眼瞪个饱，林心意全乱。我一副僵尸的表情看着他。

我最不擅长处理别人在我举棋未定的时候还来问我怎么办，那样只会让我凌乱的心恍如散沙。

走，都到这了不能放弃。世上不允许的事情多了去。学校不允许早恋，不允许抽烟喝酒，不允许带手机，多大点事。

够胆。林竖起大拇指，无言以对，便跟着我，潜入隧道深处。初时澄亮透彻，微风鼓鼓，急行数百步，天色漆黑。隧道里昏黄的灯光洒照下来，视野所见已模糊不清。一辆接一辆飞车吼过，犹如草原上怒极的猎豹，撕裂着四周的空气，扑扑的尘土声仿佛滔天巨浪，冲击着隧道四壁。盘旋回转，一齐汇聚到耳脉，似有似无，若实若虚。

黑暗的深入，让我的心紧紧揪起。我所害怕，并非这些轰鸣乍响如火花飞逝的汽车。我害怕的，是黑暗。黑夜给了我黑色的眼睛，我却用它寻找光明。因为黑暗，所以恐怖。

飞驰的车嗖嗖划过，我不时提醒林再次贴近石壁。昏暗中几乎所视无物。我幻想倘使驰来一辆体积过宽的车，我们兴许要葬身隧道。于是我面不改色，提心吊胆，不停与黑暗中一切凶猛的念头斗争。

突然，脑后的警笛声随远而至。我自知大事不妙，便停止推车，静候交警赶上。果不其然，警车在我们身边停下。里面的交警叔叔拿着扬声器与我对视，说了一堆乱七八糟，总之我一句话都没听懂的电磁音。我会意地点点头，微笑地冲后面的林使眼神，掉转车头，微笑和交警挥手告别。这一幕犹如美丽的梦境刺激而不真实。我头一回跟交警叔叔交流，也居然头一回面对警察泰然处之，浑若无事。推车兴冲冲走出隧道，重见天光，清新如洗的空气扑面而来，活着真好。

林说我太大胆。我摇头晃脑，也许吧，明知不允许，可我就觉得没什么大不了。

沿着高速路的路旁栏杆行进。回想在隧道里的一幕幕，像是经历一场生离死别的闹剧。那一瞬间，我体验了黑暗，危机，生死，乐悲，喜惧。在那样黑暗昏沉，危机四伏的地带，我竟想要以身试险，突破这长达三千米的隧道，达到目的。凉风拂面，渐渐清晰，才知刚才十几分钟的自己，那样疯狂斗胆，匪夷所思。明知违法，孤行冒险，却只为了青春所剩无几的斗志和疯狂。

这一刻我深知自己还活着，活得真实而鲜明。我有着燃烧的热血，不屈的倔强，胆大心细，果决如铁。我一直保持着最初的动力和对世界的热忱，并没有在象牙塔温床里，滋生迂腐衰败。只是这样以身试险，我想还是见好就收，作为最饱满生动的一笔，写在人生的路途上，陪伴我灿烂无悔的青春一同老去。

4

　　在站外水果铺前徜徉，我们倚着车大口大口喝维他命水。林默然坐在路旁的石堆上喘气，我们相视无语，突然就哈哈大笑起来。想不到我们做了这么疯狂的事。

　　还好亲爱的交警大哥没有热情盘问，不然我真不知道如何解释。说是青春远去前最后的疯狂，还是我们小学没毕业不识字，或者眼睛瞎了一只没看到公示牌？

　　我笑得猛咳一阵，伏在车上翻看一路的照片。

　　你真胆大。明知不可为，偏向虎山行。

　　说够没有，一直在提，真大妈。我摆摆手打断他的话，轻松自在，了无隧道里有惊无险的心理纠葛。回想一路骑行至此，花了近四小时。此刻回程，也要八点左右才能返校。如若一再耽搁，今晚的住宿都没着落了。

　　万水千山，风尘仆仆，只为抵达那一刻。到这个节骨眼，岂能放弃？

　　可另找出路，又不切实际。

　　我们把自行车锁在这，然后从对面搭公交车过隧道。

　　年，你知道我的车是借来的，加上没锁，出事我很难负责。

　　林一脸顾虑地皱着眉。我长叹一口气，一时间无解。没有夕阳的傍晚，显得无比荒凉，但见天外愁云惨暮，我的情绪跌落谷底。一天跋涉，只为眼前，中途辄止，哪能甘心？

正在我愁眉紧锁，惶然无措之际，林提议我只身前去。

那你怎么办？你不也想过去看吗？

其实不是特别想。我目的性不强，出来只为散心。不像你，既为沿途风景，又为终点目标。能和好兄弟骑行，我很知足了。

我囧笑不止，温暖舒畅，犹如带着火光的火把，在我心间隐隐燃烧起来。当我投身米黄色的公交，飞驰的高速路上，却再也没有来时的忐忑纠结。三千米的隧道太短，公交车猛加一把劲，分秒钟穿出。

半小时后返。迟疑该在哪个地方搭乘出璧山隧道的公交车，正逢车过，车里人少，我心生一计。我风急火急跑上车，不忙投币，微笑问司机我该乘的公车。那司机生得和蔼，话更可亲，当即告知。我欣喜作别，跳下车直往前走。那车沉默在身后，继续等待行人上车。前行数十米，后面的公交车赶上来。那可亲的司机，打开车门，一边行进，一边再次提醒我。我感动得点头如捣葱，不觉间加快步伐。公车门缓缓掩上，不多时便在拐角树林里消失。

心中的温暖氤氲仿似陈酒发酵，感谢在人生路上，有幸遇见这样热心肠的大众劳动者。他的提醒安慰，让我觉得自己就像一位未谙世事的孩子。在大人眼中，永远长不大。

我欣喜地笑了，突地想起隧道里遇见的那位交警叔叔。我自知进高速出事要担全责，却一意孤行。好在遇见这样一位交警，恰合时宜地阻止了我的疯狂执拗。或许隧道前方，等待我的是一出意外伤亡；或许是出隧道，等待我的是一笔罚单。我懂的不多，能想的寥寥无几，但我知道，我往回走出隧道是对的。

　　沿途上遇见的形形色色的人物，他们或许只是我们生命里短暂的过客，彼此的音容笑貌，在第二天醒来便冲淡冲尽，甚至我们隔着昏暗和玻璃，未曾目睹真面，但刹那的感动，已如春天里的幼芽，播种在心中。生长，拔节，四季常青。

VII. 逆风

1

　　逼不得已，我把房间短租出去，回宿舍虚度时日。

　　破门而入，迎接我的是滚烫的空气和蒸笼般的四壁，那样温暖备至有如燃烧，感动得我想哭。此刻我突然明白了一个深刻的道理，深刻有如我不断流淌的汗液：不管你的思想有多远，你的身体就在这里。

　　坐在电脑前无所事事发着怔，突然芦苇猫一个电话打来。我还死守北碚之时，她已去了桂林。我一口西瓜汁溅在床单上，突然想家到不行，却又最怕突然听到心中最柔软的声音，看到最原始的画面，那样的我脆弱得不堪一击。

我陌生于家的音讯。每回电话，都是机械地在那几个永远跑不出去的话题上唠叨，有增无减的思念，静静放回心里。其实我未曾不想回家，只是有些事回到家里就做不成了。也因为我没有回家，有些事原本轻松却变得艰难。

四周无孔不入的热流，有如醍醐灌顶。时光在延续，距离在拉长。很多人终有一天，会远离所有亲友，一个人在一个没有家的城市，过上有无工作都彷徨度日，身边真的只剩自己一个人的生活。你会懂最心凉的莫过于排忧解难时的漠然视之，最无奈的莫过于希望点燃后的风吹雨打。走过十几年的路，一边看人世炎凉，一边跟着荒芜。

早睡早起，关注股市走向，也关注哪个品牌的牙膏，柴米油盐，衣食住行，烦琐的有头无目的收支。那些从未考虑过的东西，从此刻入脑海成为最机械的习惯，成为你的本领。而我欣羡在我忙碌慌乱假期的同时，芦苇猫还能脚踩帆布鞋，挎上背包，迎着阳光走在漓江河畔，兜风，戏水，拍照，嬉闹。从照片上清晰的轮廓，让我看到可爱的家乡，如同电影的花絮，纷纷扬扬洒满了眼眸。

一个人的盛夏，孤独的旅途。电话的那头人声嘈杂，带着阳朔啤酒鱼店里地道的声响，她边吃边说自己接下来的路线。

这好多星星，特别亮。

故乡的月亮特别圆。

星星，月亮，你答非所问哎。

我抱着电扇哈着气，慰藉我那被滚滚热浪瓦解的意志。没有月亮星星的夜里没有萤火虫，只有不绝于耳的蝉噪。古老的声音告诉我，又该去洗澡了。

2

午后，闲懒，泡在枪战游戏里几个小时。直到头昏脑涨，倒床困眠。

太过安逸的时光，叫人摸不着北。一觉起来，头比睡前还痛，天快黑了。回首那些忙碌无为的日子，焦头烂额迷茫不清，活在别人为自己安排的假象里，起床吃饭，上课吃饭，下课吃饭。

曾想有朝一日如能清闲，必当驱车古原，夕阳向晚，赏落日余晖，看时日沉浮。不想真正清闲时，忧郁更甚舟车劳顿，竟落得无所适从。

闲散无为的时光。A君是专业小说阅读家，如今彻底转型为综艺选秀迷。每晚七点开始躺床，侧着身子看综艺，堵着耳塞不时哼起小曲，半夜会用憨厚的傻笑声，把我们敲醒，告诉我们，他依然活着。每逢前去一探究竟，必定失落。因他看的始终是那个选秀综艺。且不说幽默多少，枯燥又几何，看同一个节目一直笑，笑这么久，他是怎么做到的？

早上八点，起床吃早餐写作。A君光荣值完夜班，拔耳塞关电脑，倒头就睡。一直睡，没有声响动静。傍晚五点，漱口洗脸，进食一天内唯一的一餐，享受唯一需要用脚的十几分钟，开始唯一的全身运动，唯一的说话时间。

A君素为与世无争的好好榜样，也是时代大学生楷模。作息严要求，睡眠时间长，饮食有规律，每日一餐饱。不抽烟不喝酒，不恋爱不网游，不说话不运动，标准的脱离了低级，同时也脱离了趣味的革命分子。

睡功一流，质量奇高，搭着二郎腿，也能睡着见周公。电脑晚上发烧，白天被室温带烧，由于整天燃烧，致使几台散热器宣布瘫痪。平日不抢氧气，不占空间，一张床，一电扇，睡等小说更新。可A君放弃小说事业，转战综艺，其中缘由苦大仇深。几年下来，每周数本的阅读量，致使已无热门小说可读。长此以往，A君决心等写手们用功写作，暑假之后，再卷土重来，把作者一个暑假所写作品全部看完，算打牙祭。

B君是舶来品，老家在隔壁。比起A君的专一精神，B君自称留一手。游戏事业不可怠慢，谁动跟谁急。益脑之余，挑古装言情剧放松神经。作息有规律，睡眠稍不足，长期从事脑力运动，偶尔出门学车。

相比A君事迹，B君显然逊色。B君保持着一日两餐的纪录，但常常早晚不分。两人的共同之处，便是话少，不动，终日与电脑恋爱，不倦不归。

  作为 C 君，我没有 A 的专一，没有 B 的坚持。曾以为闲散的时光，足以悠闲完成想做的事。后来才明白，总是能做自己喜欢做的事，才是自己最不喜欢做的事。

  散漫的节奏，让我躁动不安。这些只在从前忙碌不堪时幻想的假象，如今在最闲散的时刻与日俱增。发呆，话唠，急躁，孤独，忧郁，懒惰，通通染上。我常会想，为何我明明拥有了平静闲散的时光，却不能过得恬静舒适，反而比平日更为紧张和惶恐。

  我怕在我时光最多的时候，却做不到时光甚少时那么多的事。我可以在一天十堂课的细缝里日产万字，可以在午后体育课后晚饭之前，练钢琴吉他洗衣服加清洁厨房，可以边玩哑铃边聊天同时看电影。

  而现在我都做不到，给我完整的一天，我却写不了万字。我不再费尽心思思考如何同时做几件事，我只会考虑，做完这件事后，我还有没有事情做，我愿不愿意做，我会做多久。总有事情排在后面，于是我做什么都不安，烦躁，无奈，疲劳。所以我羡慕他们，只消做好一件事。

  但我终究还是选择了这样的惶恐不安，比舟车劳顿更为揪心的安逸。在安逸里图充实，往往比在劳碌里挤时间难上几十倍。或许这便是生活很累的缘由所在，我想我顶多做到了井然有序。

劝自己别再多想别多想,其实你想的够多,只是做的少。却又有一个常识打败我。该休闲的时光,本身就是用来放松,何必自找麻烦劳苦自己。人生的大多数苦难,其实都是自找的。想要顺利活下去,其实不难,风雨兼程,轻松作陪。只是我不愿过得如此平静安闲,宁愿受伤,也要拥抱惊涛骇浪。

我害怕不知不觉便被时光的大潮吞没,连我都不知身在何方。我无法想象衣食无忧,了无波澜的日子,那样的我迟早发霉。偶尔一个回首,却能发现,很多过去的理所当然,其实都是错的。真正的清闲,是在忙碌的细缝里畏畏缩缩生存;真正的庸碌,是在清闲散淡中自找麻烦。

我们老说自己没时间。请问有时间,你又能做什么?叹人生苦短,舟车劳顿,闲适不安,郁郁寡欢。这些都是罪,罪恶感源自你的内心,因为也有人可以做到不罪恶。当你受苦受罪时,你会发现,你的罪恶正在一点一滴消失。

因为有罪受,生活才有意义。

VIII. 韶光

琐碎的夜晚,窗外虫鸣不歇。无聊有时就是这样可怕的东西。它会让你看到一切，也会让你看不到一切。

突然桌面弹出一个对话框，熟悉的头像和备注，大哥大哥地叫我。那样傻乎乎一个男生，单纯可爱，果如其然地热爱游戏。那些我们并肩作战的日子如刀片划过脑海。我放下吉他，摸着键盘刷刷打下一段字。

好久没有一起游戏了。

大哥，最近还好吗？

嗯，还好，四弟你呢？

好呀，三哥也马上来了。

游戏是行胜于言的天性。四弟和三弟，是我最好的游戏战友。渐而久之，成为心照不宣，并肩作战的兄弟。

突然想起我好久没有游戏了。怀念彼此初次认识，齐聚一堂，组队游戏的时光。那时候从晚上10点玩到半夜3点依然不困。

大哥！

三弟也来了。我看到群里突然亮起的头像。

就只差二弟了。那家伙整天不知道去哪，经常看他一个人打。

二哥素来独来独往，我们一起玩就行了。老时间，晚10点。

话不多说，纷纷登录游戏。战服模式，进入地图，一切都那么亲切而遥远。仿佛时隔多年，握着鼠标，我连路都不会走了,开枪就没打准过。大哥大哥,在水中打水下。我从语音听到三弟的提示,便蹲跳来到水边,哪料刚看到敌人,便被一狙毙命。

我技术确实大不如前。从前水平,尚可自保;如今倒好,成了你们的拖油瓶,不好意思。

被爆头后,我伸伸舌头对着屏幕发呆。曾经熬着夜灯夜战凌晨三点劳不知疲的我,看着晃动的画面竟发晕想吐。这样的反应,只在五年前高一新手时有过,我回到最初的起点了?我愁眉苦脸看着率先死掉的自己的角色,看着画面里三弟四弟冲锋陷阵,觉得自己有些老了。青春老去的我们,最害怕的就是老,提及最多的也是老。我想我太久没有熬夜,太久没有游戏,太久没有发泄力量。

枪炮声不绝于耳,在不远处的角落响起。我循脚步声而去,持着M4A1-S便是一阵狂点,终于解气一回,连杀三人。随着四弟安装的炸弹在身边爆破,我们艰难拿下一局。一阵倦意袭来,我打亮手机,11点。这是我的数据吗?曾经如同注射兴奋剂一般越战越清醒的大脑,短短几十分钟,便已浑浑噩噩。

我真的老了吗?我还想继续和他们这样的年轻人一样疯狂地游戏,疯狂地叫嚣。当我的身边,不再有作业作陪,不再有考试压身,不再有各种各样刁钻尖酸的班规校纪,当我挎着背包离开那里,那个校园在身后渐行渐远,我知道，那一刻开始衰老。

背后的潮流滚滚扑来。他们会像那时的我们，疯狂地做自己喜欢的事。我多想回到度数150还在窗明几净教室的时候。我可以和同学趿拉着拖鞋，叼着冰棒，鱼贯而入，在网吧四核机前一字排开，整个午后的房间，都是我们的枪声和叫喊。

那样多好。我还可以和他们战斗，这样就够了。

2

淡水海边。

初听曲子，便见淡蓝河水。河堤向晚，垂柳柔情。看不见的阳光洒照在粼粼波光的河面，乍金乍紫，美不胜收。那是最美的年华，最美的一群人，最美的故事。它曾在我脑海停下多年，盘绕犹如满地绿色藤蔓，时间往复清晰如昨。曾立誓，我若学琴，弹会的第一首曲子将会是它。

教我钢琴的老师，是音乐学院的研究生，和蔼可亲，在我面前罗列了一系列肖邦莫扎特的曲子。我抽出夹在自己琴本里打印下来的曲子。我要学这个。

淡水海边，哎呦周杰伦的，什么时候有的这个曲子？

我莞尔一笑，总之就是有啦，我要学这个，作为我会的第一首曲子。老师微笑地接过琴谱，扫了一眼，嗯，这谱子挺适合初学者练习。继而她小心翼翼地把琴谱靠在隔板上，指尖一触，便是行云流水的音符，有如漫天飞舞的蝴蝶，从琴键上翻涌而出。我从未亲眼见过他人弹起这首淡水海边。那样熟悉亲切的旋律，只在虚幻的音乐盒里听到，遥远而不真实。眼前唯美的旋律，那样真实动听，我期待有一天我可以兴味盎然地弹完这曲唯美动听的音乐。我渴望当我触及琴键，便是铺天盖地的杰作。那样的日子太遥远，那样的风度翩翩犹如不着边际的落叶。

当我对音乐又聋又哑，惊羡于她们如何左右手齐开工，不看琴谱和手形，也能准确无误快如飞刀地弹奏；当我学成一半，一知半解，我又迷惑着调式与音律的华丽变幻。那样深不可测难以捉摸。

曲子落定，老师问我怎么样，我说好。好，那就开始吧。

那一刻我莫名感动。通过努力挣来的钱，如愿以偿学习了多年来想接触的曲子，我熟悉那些旋律，但我惊叹终于要亲自弹出来。那样的感觉美妙飘忽仿似一吹就破的梦境。我高兴得不行，就差没有手舞足蹈，却又谨慎小心，生怕这真是一场华丽的梦。

但凡右手也好，左手也罢，弹奏起来不成问题。一旦左右开工，便协调不得。我突然觉察初学这曲子也许是个错误。众所周知，杰伦的曲子不论五线谱还是吉他谱，都较难弹。我犹豫地看着一旁凉快的秋日私语和D大调卡农一遍又一遍。我突然想起高三时候，唐老师说过的经典的话，为什么你们张口粗话骂人就这么理直气壮出口成章丝毫不用大脑思考呢？哎，就是多练呗！

　　我在心里笑翻。从小到大，骂人无数，约定俗成的重复，让我们骂人如麻却浑然不觉。此刻我没有多余的杂念。钢琴是个好东西，心的净地。沉浸在如此曼妙的音乐中，似乎我已暂别尘世人间。

　　我要学好钢琴。转眼大三，时间不多，还有两年，毕业告别。我必须在大学结束之前有所造就，不论小说还是音乐。我曾以为时间不够，却又发现时间充足，但到底时间多少，已无关风月。因为我们总在不可遏制地长大，时间快也好，慢也罢，终归一点一滴流失，不复从前。

　　就让这首美丽的淡水海边，沉入记忆的边缘。他日待我从头来过，必当看到曾经我写下的轮廓，走过的风雨悄悄的路绵绵悠长。

3

　　初到观音桥，缘于几月前一次红十字会演出。演出结束，天下暴雨，广场之上，湿漉一片。四五个人漫无目的游走在地下商道，繁华可见一斑。

　　穿梭在树木丛生的小巷道，突然一出敲锣打鼓的闹腾吸引了我。走近一看，一群老年音乐家们坐在一起抚弄乐器。待我四顾，不由一惊。键盘，二胡，小鼓，笛子，琵琶，群英荟萃，整个一乐队的阵容。

我赞叹不已，心中敬仰犹如滔滔江水绵绵不绝。这群老人有着古铜色的肌肤，爬满皱纹的脸，印着半个世纪甚至一个世纪遗留的印痕。大爷们或端坐在电子琴前，或抱着二胡一副享受的神态，大妈们则捏着笛子，拍着掌心，笑盈盈看着这群音乐上舞刀弄棒的老头。我看着看着便忘记了行路，无比期待即将登场的表演。

两位手拍着肩的大爷拿着话筒走到人群中央，血气昂扬地唱起了经典军营歌曲《小白杨》。熟悉的旋律，温暖的味道，带着儿时岁月里古旧模糊的颜色。歌谣听在耳郭，却打湿心里。这首古旧褪色年代唱遍大江南北的经典红歌，头一次进入脑海，还是在小学时候的儿童节表演里。阔别小学多年，我却再也没有听到这样熟悉温暖的旋律，再也没有勇气去听去唱。我怕我一听起，又开始无故怀旧。

我敬仰眼前这群已是暮年，却锐不可当的爷爷奶奶们。他们用走过的半个世纪多的风风雨雨，歌唱着温暖如春。汹涌澎湃的金曲，感染着新时代下逐渐长成的我们。上个世纪的明媚阴晦，风和日丽，凄风苦雨，我们能懂几何。却见这群老人活泼欢快的神采，仿佛那个旧时代活在我们身边，等待我们一一探访，走进，走出。

"哎……哎……小白杨，小白杨，也穿绿军装，同我一起守边防。哎……哎……小白杨，小白杨，同我一起守边防,一起守边防!"

两位大爷挥舞着有力的双手,拍肩对视,一展歌喉。冗长雄壮的拉长音,响彻了树丛角落。仿佛当年的军人屹立身畔,手执钢枪,力保边防。一时间,键盘、二胡、小鼓音色齐亮,响彻不绝,汇聚耳畔。一场丰实饱满的视听盛宴,消散了我一整个下午的疲倦。此刻的我,浑身有劲。这群老人给我力量。

当红歌经典成为过去的惦记,当这群昔日的年青人,成为小城边上最安静的歌者。我想,我该永远怀着崇敬之心默听,听着那些过去的在我降生之前的故事,并引以为力量。

4

本是为去朝天门,东奔西走至南坪。匪夷所思的遭遇,必须有个不可思议的人站出来指点迷津。这家伙便是宫玄。

为了证明数码地图比我这活人导航犬靠谱,这家伙一意孤行要抄近路。结果地铁一溜,公交一拐,我们已在江河对岸。看着神一般英明的宫玄,我高高竖起大拇指,这是哪儿我要回家。此刻阳光明媚有点过分,烤得全身掉油不止。愣在公路旁炙热的候车亭里,我想掐死这个东突西撞的家伙。

那个,还去不去朝天门,江对面的那个?

嗯，不太想去了。

还不太想去，你就是想去我也不陪你去了。说，我们这是在哪？

老虎显示，南坪。

南坪！我如受当头棒喝，两眼直晃金星。真是不走寻常路，一走便奇葩碉堡了。

搭上公交，晕头晕脑便在南坪车站下了车。宫玄嬉皮笑脸，跳在前头，乐滋滋地循着老虎找地铁站。

不选公交何故，此事自有来头。宫玄初来渝都的下午，我去车站接他。公交车在山城特色曲折迂回的公路上颠簸，一会儿冲刺一会儿急刹，引得我肚里凉茶沸腾发滚，小腹一疼，下身呼之欲出。宫玄更惨，不习惯重庆公交车味，这车一开一停，搅得他满脸苍白如涂粉底，掌心冷汗直冒。末了，我们按捺不住，就近找一个站点便跳下公交。

人家那坐车要钱，你这坐车要命。这公交，味道跟贴满创可贴似的，左摇右晃，心脏都要蹦出来！宫玄扶着路边小树，缓了半晌，满口污言秽语不吐不快。

你还好，想从上面吐，我是想从下面吐。我幸灾乐祸地打趣。随后我们相视一笑，异口同声：找厕所！

过马路时，斜视对公交车不住皱眉的宫玄，我笑得那是一个山花烂漫：敢情你到一个地方总要先问候厕所呀。

那是，每到一个地方，就要留下我的足迹和气息。

这家伙煮熟的鸭子嘴硬，我也好不到哪去。刚才不慎吸入公交车的尾气，浊气在体内融合，现在我上面下面都想吐了。

我点点头，兴高采烈看着老虎地图上地铁方向，直奔而去。

回到西大卧室，已是傍晚。宫玄仰倒在床，呈踩扁蛤蟆状铺开。我好笑得全身无力。前去解放碑中途折返，只游览了厕所，便无功而返；前去朝天门，竟误打误撞晃到南坪，欣赏了南坪景色。这货总是出人意料，不按套路出招。

我转身进入厨房做了俩菜一汤。宫玄不知白天黑夜地爬起，吃了两口西红柿炒番茄，赞不绝口，表情那叫一个惊煞众人！

想不到你还有这一手。

那是，不然怎么哄女生。我沾沾自喜，狡黠一笑。解决完温饱问题，便一人一台电脑，对着电脑发呆。我们得找点乐子，叫几个女孩过来玩。

不，不，算了，我正值"豆蔻年华"。脸上痘痘猖獗，我可不想在我非最佳状态时破相。

一年不如一年啊，曾经万人景仰的矮帅富，如今虎落平阳，被痘痘欺负了，呜呼哈哈。

我不失时机地嘲讽，惹得他直把枕头罩在头上装作晕死。

来几把对战？

还嫌我以前没虐够？狙击，冲锋，步枪，手枪，全都秒杀你。就剩刀战吃了小亏。

那是因为我不常玩，好汉不敌当年。

不是叫你勤加练习吗？

我哪有闲情逸致练游戏？我莞尔一笑。

牛逼，逼牛，哲学家了。

宫玄说着一屁股压在我的宝贝枕头上。

5

清晨门外响起急促的脚步，一阵利索的叩门声密密麻麻犹如鼓点。我掀掉被窝便开了门。

门外站着失魂落魄，困倦未醒的AB君。我会意地引二人来到隔壁房间，把被子翻出来。早在黎明一帘幽梦时，A君一个电话打来。大清早刚睡着（AB君的传统，凌晨六点睡觉），门外便敲锣打鼓一般吵，有人持钥匙破门而入，说要安装吊扇，立即施工。走投无路，两人便前来投奔。

安顿了二人，乘着好睡意，叼着牙刷去洗漱。回到房间，却发现睡得猪一样香的宫玄消失了！我冲向厨房，原来这家伙悄无声息起了床，神出鬼没跑来厨房热奶茶。

不得不说宫玄真乃可造之材。昨夜打游戏口干舌燥，在网上看到自制奶茶的秘方，当机立断就带上我去超市把材料买回来，大手大脚煲了奶茶。冰了一晚，第一次喝，味道跟西瓜汁一般淡，煮热再尝，竟是芬芳扑鼻掩映不住。味道真好，又甜又鲜，宫玄奶茶，杯子连起来，可绕西南大学一整圈！我边喝边嘀咕。这是我喝到的味道最诡异奶味最纯的奶茶了。因为它的成分只有牛奶和绿茶。

夏夜。好久没来到这个地方，封闭的房间里，歌声有如一股巨大的光柱，扫遍了角落。

宫玄，点歌啊，说好的《给我一首歌的时间》呢。我急忙催促。即便他声明自己唱歌不行，但这首歌却是十拿九稳的强项。几首老得经典掉牙的歌落幕，宫玄终于拗不过期盼，接过话筒唱出声来。

"雨淋湿了天空 / 毁得很讲究 / 你说你不懂 / 为何在这时牵手 / 我晒干了沉默 / 悔得很冲动 / 就算这是做错也只是怕错过……"

高三那年，但凡他听我唱起这首歌，总会脾气死倔要来纠正我的歌词，非志满得胜不可。眼前头一回目睹他唱起这首歌，盯着屏幕下方一闪而过的歌词，我才终于明白他坚持的理由。原来高三时，我歌词本上记录的歌词，的确有相当一部分是错的。仿佛我回到那个阳光弥漫的教室，回到午后课前尽兴唱着歌，唐老师提前来教室观望的日子。

唱过这首歌后宫玄显得出奇地沉默。诚然我知道他唱歌不行。可这样的冷静，与以往活蹦乱跳的他判若两人，匪夷所思。很快我便顿悟，人有热情的时候，便有冷淡的关头。有调皮搞笑的习常，也会有冷静思索的时刻。眼前的宫玄清醒宁静，让我觉得时光和距离之远，足够让我对一个人的了解支离破碎。

　　但有一样，我已了解，并为此欣然。我们不仅是生活上的朋友，也是绝佳游伴。一路游历，半城山水，见证我们嬉笑怒骂，东奔西跑的背影，镌刻在我们即将老去的年华里，成为我们最快乐的一个片段。我们可以插着裤兜满街乱窜，去东城走西城，可以张口骂个天南地北，却和对方的友谊毫发无伤。他叫我明白，出游是一单快乐的叠加，是放肆的欢声笑语，而不是繁荣精致的景色和一堆没有生机的照片。

IX. 夏天

1

　　月圆之夜，露营缙云山。这朵四星的其貌不扬的山峦千篇一律，所幸此番前往，赋予露营之名，又逢金秋月圆，便多了赏秋思乡，望月怀远的味道。

　　沿路直上，入秋的天，隔着层层薄薄的雾霭。骄阳隐没，显得透彻凄凉。阴风卷来，一伙人手忙脚乱搭好帐篷，把席子抛出来，在山顶空地上盘坐赏月。

　　看那月亮旁的云层，多像嫦娥的眼睛。体育系的威猛男生浮想联翩。我好奇这样一群平日成熟果断，杜绝卖萌的人，在这月明时分，竟说一堆乱七八糟牙牙学语一般稚气的话。我吃着包装精致并不好吃的水果肉馅月饼，怀恋着家乡单调实在的燕岩牌豆蓉豆沙叉烧，沉默地无言以对。多少年没吃过家乡的月饼了，我多想去看看老街里的三公，说这边月饼又贵又难吃，我来您这偷吃月饼来了。

离家在外，清明端午，中秋元旦，这些最具传统佳节味的日子，都云水漂泊不痛不痒平淡略过。我怕毕业后回家，清明扫墓，发现不知何时墓冢又添了一位或亲或疏的亲人。但这样的担忧反复，我已经习惯。人呀，总要出去看看，在外面的世界历经风雨和人情。

大伙围圈犒劳被爬山压扁的肚子，狼吞虎咽之声，会让山下居民觉得是山老鼠作怪。吃完是扑克时间，打累了，一群人肩并着肩，沉默无言，摸出手机打电话发短信。十几块板砖齐亮，倒映着皎洁的月光。

我轻车熟路翻开老旧的通讯录，发现自己很久没有打电话回家。清晰忆起上回的停机风波，曾下决心，不论得志失意，都要常打电话回家。

等我情绪丰满，一一打过去，却是千言万语如鲠在喉，匆匆化为最繁冗重复的问候。每一次都这样，每一回都这些话。他一问我一答，我一问他一答，永远如是，永远得我都能完整地滚瓜烂熟地背出通话始终，可我依然乐此不疲。我会勤奋学习，多吃东西，不乱花钱，不跟陌生人说话，身上财物保管好，有问题常问老师和班主任。我会一直这么说，纵然我没法全部做到，也纵然，我已经没有班主任。

每一次电话都是那般无心而开心。话一开始，我便知道后文。无非是温习一次相同对话，波澜不惊，我可以边打游戏边开免提毫不费劲。其中奥义解释不清，可我想，这便是我们一直保持联系和沟通的理由。

我又打通了无数朋友。我多么懂事，每次电话，都从易到难，家人，朋友，同学，熟人。这样我就能保证不会因为后面关系的反复无常，而影响到给前面自始至终陪伴身边的亲人的诚挚祝福。除了与生俱来的感情，凡世任何感情都是脆弱和勉强的。我们都懂得，他人的好是一种馈赠，不好亦是理所应当。但纵使亲人待我们再好，我们也未曾觉得受宠若惊，受之有愧，谁让我们是一家人？

皎洁的月光温柔如斯，古老的故事，在树林间传颂。但愿人长久，千里共婵娟。

2

一个人向北。

初邀女生同行，响应者众，可听闻骑行几十公里浩浩荡荡蜿蜒百转的山路，姑娘们突然一个个百事缠身，无一例外，祝我好运。

山路盘绕，一波三折，复行一步，举步维艰。几经周转，其坡多弯多，令人望洋兴叹。临近正午，太阳烤得热辣辣，充斥着喧嚣的烦躁。一辆一辆穿梭而来的大型卡车呼啸而过，留下席卷满地黄叶的湿热的风，夹带着不可言喻的恶臭味，紧紧簇拥在身边，霎时间又一次熏花了眼镜。一片灰蒙蒙的视线里，极目远眺，是无边无涯的绿野。隔着层山，延伸向令人惶恐的尽头。四下弥漫的粉尘，活跃在前方丛林，白茫犹如腾雾。推着一身风干泥浆的脚踏车，我脑中突然闪现一个匪夷所思趣味盎然的念头：重走长征路。

　　山高路穷，灰头垢面，沿途猛踩脚踏车。随后一马平川，四野敞阔。迎着朔风，日薄西山。苍穹的艳阳已衰老几分，便沿途折返。

　　归时经路人指点，另择捷径。蹿上一个高坡，映入眼帘的，是一条泞泥不堪的羊肠小道。溃烂的黄泥上，浇筑着车轮碾压的印痕，此起彼伏。推着车小心翼翼走着，但见一个漆黑的隧道，一直延伸到脚下。车轮正前方，一条黄澄澄的铁道铺过公路。原野花香飘来，我欣然从铁轨上走过。这是我头一次推着脚踏车路过铁轨，于我而言，是鲜明的未曾有过的体验。出来真好，走得越远，错过的景致就越少。

　　趟过干泥路，行驶在空无一人的废弃马路上。纵情呼吸，仿佛置身一片无边寂寥的旷野，田野和蓝天，新鲜而随性。没有人烟可循，却是那样大风长歌，使人胸襟倘佯，流连忘返。

回到山路段，绿树掩映。交接不完的上坡下坡，令意志垂危，几近崩溃。回想璧山一行，一马平川，无遮无拦，那叫一个气度豪迈，神清气爽。我愁眉深锁，表情苦逼，低着头一声不吭推着车。来时体力已消耗殆尽，回时连坦途都有几分吃紧。但逢上坡，便颓然下车推行。双脚犹如残废，软塌塌麻酥酥，全然没有来时威武。一个接一个的上坡，让我连表情都显多余，颠簸劳累之余，却是突然顿悟。

人们常说，当觉得越走越艰难，证明你在上坡路上。持之以恒，便是高峰。但下坡却是易如反掌，不费吹灰之力，活得安逸轻松，很可能人生正在跌落。下坡的酣爽，上坡的淌汗，都是人生命中不可或缺的片段。没有上坡便没了高度，没有下坡便没了希望。

推过坡顶，前方是一条狭长如银蛇的长坡。我长舒一口气，跨上车座，享受这和风沐浴的飒爽。上坡精彩，却要戒骄戒躁，因为等待你的，永远会是下坡，你要随时恭候下坡的到来，并坦然面对；下坡舒适，却要养精蓄锐，因为等候你的，永远会是上坡，你要随时恭迎上坡的时机，并蓄力冲锋。上坡欣喜艰难，下坡忧虑舒畅，没有一种选择可以一劳永逸。无尽的循环，造就了人生的缤纷和精彩。

暮色西沉。归时体力衰微，竟比去时快了半小时。我不理解，同样的路，同样艰难，为何总是归时比去时要快。这样的经验之谈，令人难以解释。我想兴许是心的缘故，没有一种心情，比羁旅归来更令人心驰神往了。

3

一件小事，一场颠扑不破的猜想。

那晚，图书馆下夜班回来。L哥架着摩托来学校，跟我江湖救急。已过十点，路面不安全，我便送一起值班的女生回宿舍。等我回到事先说好的樟林，环顾四面，却了无人影。我握着手中的银行卡，掏出手机却发现早已没电。这下麻烦，手机失联，四下无人，如何是好？

偌大的树林传来空幽的飒响。暖风拂面，我从头到脚打了一个哆嗦。不远处漆黑的树影下，坐着一位三十余岁的男子。我信步走去，走近发现那男子西装革履，戴着金丝眶镜，专注地握着手中的板砖看新闻。

就你了，夜黑风高，四下无人，不逮你逮谁。我暗自一乐，走近前去，有礼貌地诉说我的情况。

你要干什么？

中年男子数秒后缓缓抬起头来，一脸茫然地盯着我。我说大哥，我手机没电，需要联系一个朋友，能否借你的手机一用。他的眼神闪烁而灵敏，有着莫测的高深。不会怕我从中使诈，夺其板砖，害其性命吧？

校园里摄像头这么多，我就算是个坏人，也不至于这么铤而走险，不讲创意吧？

终于他灵光一闪，顿悟了我的意思，叫我说出号码。我愣愣眼，半晌终于明白过来，把号码打开，一板一眼读出来。他一边拨，一边漫无边际地询问我的私人信息。

你大几？

我啊，大二。

哪个学院？

哪个学院？这话题有点不着边际吧？

这个，您是老师吧？我及时缓冲过来。只有老师才会问这么没有营养的问题。

是，你怎么知道？

看您一身清风，文雅脱俗我就知道。

你为什么这个时候还要打电话？

十万火急之事，老师。

他终于拨好，要把手机拿给我。我兴味索然想要接过，他却停滞一步，按了免提。好了，他微微一笑，把平板电脑那么大的手机凑近我的耳边。我急忙对话，挂掉便要离开。

你住桃园？老师突然冒出一句话，我险些当场僵化。这老师不愧为老师，听我只言片语，便抓住重点。

是的，时间紧，十点半就关门，我得赶回去。

有严格的时间规定的？

园区都这样。为了保护我们安全，必须好好遵守嘛。我觉得此刻我的话连标点符号都是假的。

终于我晃进丛林幽深处。回想被老师盘问的一系列话语，我的大脑持续嗡嗡轰鸣。这老师问这些干吗？不用这么警惕吧，我一个文弱书生，能把人怎么着，我的逻辑完全不能解释。连兔子窝都要打听这么仔细，难不成日后还要登门拜访？难道外面世界的人，都是这么疑神疑鬼，活在高度的警惕与猜忌之中？

老师的慷慨相助解了我的燃眉之急，却送我一堆疑难杂症般难以思索的问题。

次日午后。坐在人潮人海的教室听课，走上一位举止风雅，谈笑风生的教授。教室空调风扇齐开，一边看小说，一边听讲课，人生还有比这更为惬意享受的吗？

我昨晚遇见一个有趣的同学。他手机没电，问我要手机打一个重要电话。我觉得有些蹊跷，便好事询问他年级学院。他想都没想，一五一十地回答了我，挺坦诚的。我问了一些话后，他突然顿悟，问我是不是老师。我笑而不语，他打完电话要走，我问他住哪里，他说住某个园区，必须及时赶回去，不然宿舍关门就进不去了。这园区啊都有相关规定，十点半准时关门，必须在这之前回去。正规的制度，严格规范了我们的行为。说明我们的生活，是需要明确的准则来规范的！

原来他就是昨晚冷静森森，不苟言笑的老师！

我的心如同破裂的湖面，久久不能平静。

晚上一个样，白天又是一个样……憋了一大口气，把昨晚的事爆料，就是为了托出最后那句点睛之笔，这老师太风趣可爱了。我从无数老师口中听过他们所述的趣事，倾听他们生活中遇见的典型的人事，今日我有幸头一回听到老师在讲台上讲着我的故事。

那一刻我不明来由地欣喜。原来身边的故事，真的来自身边，老师举例的趣事，听起来那么不可思议，原来还真有真实发生过，因为主角是我！

4

早课。在老师南来北往的讲述里，听得七荤八素浑浑噩噩。

身后走来三个女生，我下意识地看了看旁边的三个空座位。她们走近，我未雨绸缪起身让路，哪知为首的女将语出惊人。

同学，你能坐进去吗？我同学不喜欢坐里面。

我唯唯诺诺哼哼哈哈抽起课本挪了进去，蒙眬之中，心生不快。

课上无聊，让我的哈欠打得越来越有张力。不经意间，瞅见坐我旁边的女生正用铅笔绘画。我好奇地凑过去，画得真好。她心花怒放，给我看她的画作。通过聊天，得知她是仅比我大一届的学姐，绘画超赞，还不是美院的。我浮生头一回见到画功如此了得的非美术专业女生。

不论铅笔的素描和彩绘，还是水芯笔的随性勾勒，都传达出别有一番风味的韵感。绘画是我此生注定无以触发的硬伤。它曾是我儿时最为璀璨的梦想。我多憧憬有朝一日，自己右手画笔，左手颜料，悠闲地坐在繁盛都市并不引人的干净角落里画着心中的色彩和图形。然而这一切，都只是聊以慰藉的幻想。

我对她的故事充满兴趣。

"她从不喝酒，甚至对酒精十分过敏。但是只要当她看见那些漂亮的瓶子里藏着酒，她就决定买下了。她的客厅里放着一个很大的玻璃橱柜，里面全是酒，世界各地的酒，年代不同的酒，五颜六色的酒。这是她的艺术品。就像向日葵和星空是梵高的艺术品一样。只是也许当她自己看着橱窗里的酒时，她会觉得那些酒冰凉而又孤独……"

惺惺相惜，我怀着敬意，看完她的文章。我给予相当鼓励，顿觉萍水相逢知音难觅。

课堂的气氛渐渐深入。老师的高音喇叭回荡在教室里余音绕梁，在座的鸦雀无声。我们转而用手机交谈。我笑到翻江倒海犹不止，两个肩并肩坐在一块的人，却用手机交流。好比餐桌前聚会的两个人，不是意兴飞扬谈天说地，而是默契地从口袋里摸出手机,和天涯海角的陌生网友相谈甚欢。

话匣子打开,我好久没有这么欢畅地交流心里的小想法。如果遇见是一道直线的交错,那个交点一定是人生沉淀下来的永远值得追忆的回忆。

5

突然一个大连的陌生号码打进来。

快来,宫玄和大航都在大连,就差你一个。

原来是小屠夫。我啧啧嘴,沉浸在冰池里的心情,突然热气腾腾起来。宫玄暑假刚来,大航屠夫,却是有些时日没见,掐指一算,竟快一年。我怀着无边的感伤和无以前往的不甘,在电话这头默默笑着。

还赖我,都怪你们,不早一点通知。国庆都快完了,你们倒好,叫我过去就是,我票都没买。

我咕噜咕噜一席话,心里暖和而凄凉。素来我都没觉五一跟国庆是出游的好时机。人前人后堵得跟下饺子似的,将花钱买罪受的理念做到极致。

快来,我们在星海广场吹风。给你一天时间,马上飞过来,否则没有然后了。大航在电话那头吼起来。

我无奈感慨,时光流逝,我都快听不出他的声音了。他还是那个高三时代、每次都踩我几分拿到第一、打篮球不会运球但是投篮超准的大航吗？还有屠夫，年初见过一次，再上一次便是高三。乡音未改，土气依旧，却养成了老板范。原谅我对这位昔日兄弟的了解减少，时间抚平记忆，每个人都有了自己的生活，顾不及其他。

他们说大连海天相接，比重庆平，比成都富，风景优美，四季宜人。我再也按捺不住心驰神往的想象。可生活就是这样滑稽无奈的主，假期将尽，一票难求。我纵有一双翅膀两双翅膀，也飞不到那里。想若得去，四人团聚，会是多么美丽生动的重逢。当晚上看到宫玄发来的照片，几小时前才拍好的合照，他便用了泛黄的效果。不明真相之人，定会误以为是多年以前拍摄。我深刻理解他的做法他的心情。和我一样，才刚发生，便做好怀旧准备。

我们这样一群人习惯了这样怀味的姿势。因为青春年少，时光渐少。我们知道，年轻的疯狂的时间不多了，彼此可以嬉笑怒骂，没心没肺，却又安静默契地珍藏着照片里那群褪色的人。发黄的照片，昏暗的色彩，清晰如刀刻般的笑容。他们勾肩搭背，在地板上傻乎乎站成一排。那傻劲，比剪刀手更令人发指。

我回忆起那个夏天。在那夏花翻飞的马路，想起远在未知的路途。我想再和你们见面。

X. 十年

1

那日闲来无事,在主页赞了一位老同学搞笑的动态。但凡关系寡淡,交情疏冷,只赞不评,已是约定俗成。谁料她竟@我,说了一堆话。我盯着屏幕良久,左思右想也没看懂一个字。正打算合上电脑,她追来一个回复:发错了,不是发给你的。

那一刻,仿佛听到哐啷一声,犹如银瓶炸裂。

要不要这么直接?我靠地一声,转身抱着篮球出了门。晚风徐徐,带着咸气游走在树林中央。突然想起一句话,人生世态,冷暖自知。然而叩动心扉的,并非是这样一个索然无味的真理。这样的真理,早在我不谙世事的年纪,就会不停在作文里唠叨了。我只是拗不过时光疏远了距离,催老了记忆,仿佛终有一天,我们要面临一群又一群似曾相识,却再无共同记忆的人。那样疏离清澈,犹如毫无交纵的曲线,终要背行渐远。

这些年来,我瞻仰着一个信条:同窗之谊,反复无常,不堪一击,但终究靠谱的只有它了。生命中匆匆走近的人如此之多,带着明媚的忧伤,离愁别绪或张狂或磊落或灰溜溜地离开我们的生命。嗟叹每一条轨迹里,身边的人来了又散了,唯有自己不是过客,形影难分,不离不弃,走在前方荆棘遍布,四野黝黑的路上。

没有人停留在你生命中最辉煌或最低迷的路段，等着哪一天你志气飞扬地回来，找到这群失散的人了。回不去的过去，是青春坟墓里最陈旧的泥土。纵使回去，那些泥土，再也无法变回那时明媚莺歌里削尖的笔芯，温热的馒头，偷偷勾勒的人物画像了。

　　人生的路上依旧是尚未开拓的荒野，洪水猛兽，阴电天雷，一切你想象不到的东西，都等你相遇。路过的人们，不会安排在生命里真实永恒的地方，绝大多只会沦为记忆，终将沦为记忆。因为你永远是一个人，不管身边曾有、正有一群又一群亲密无间的伙伴。

　　既然如此，要正眼相待的，不是世界，是我们自己。十年以后，亲密的人是否犹在身畔，疏离的人远到何方，你有想过未来的自己做着什么事，活在哪个不知名的角落，有着怎样色彩的爱情友情命途周遭吗？

　　未来无法预知。顺着时光向前，因为无知，所以害怕。然而看一本书，顺着看，跟反着看，自有截然不同的境界。人生固如书，打开便再无法合上。此时，不妨尝试站在十年后的山峦，一步一步往回走，回到原点，回到梦出发的地方。

　　于是每一步都明显有如琥珀石上毛发清晰的生物。为了达成十年后的自己，你要一步一步去完成，纵使一步走错，也要选择继续。等到十年后那天，再回首，便知晓这一切多么不易。差一点就错过，差一点就失去，差一点就离开，所幸我们都没有被这些无处不在的差一点所伤，最后顽强地站在峰峦，享受那一刻无与伦比的高歌。

幻想十年后的自己，正视现在的你。两个迥然不同的你之间，究竟存在多少无知有趣的差距和话题。岁月是最大的神偷，我不愿十年后的你，和今天的你一样。

2

是夜暮色四沉，听得蛙声片片。新学期开始第三周，第一次来教室上课。那幕黝黑的磁板，画满了曾经熟悉的面孔。一板未曾了解的理论堆积，缭乱了我的眼眸。教室前台偏右，一块教学幕布，投影着令人乏而生困的字画。我斜倚在座位最前排靠近老师的位置，两耳耷拉着耳塞，听着许久未听的那些属于高中旧时代的歌曲。课堂渐渐逼近枯燥的 n 次方，我只好眨眨眼，掏出手机看小说。

映入眼帘，是《那些回不去的年少时光》，我最爱看的书。我曾痴迷书中，探寻那一代未知何往的青春。那个文化崛起，更新换代的时代，有多少引人注目惆怅以往的神秘。

然而我们的青春呢？

我有一丝不甘地看着年少时光，视线落在一本封印多时的扉页上。

旧青春。

毕业那年，我写的《旧青春》。折戟沉沙，半路夭折的《旧青春》，浑身长刺，收为练笔的《旧青春》。时隔多年，几经删改，依旧藏在内心最为阴暗晦涩的角落，等待时光冲刷。从此消失灭亡，或得见天日。

听着熟悉的《轨迹》的旋律，仿佛回到了那个杰伦的歌声还主宰整个校园广播的年纪。看着泛黄的书页，突然就笑了。

蔚小蓝，晴空扬，周佳伦，梁小末，唐梦可，林一，许馨云，苏天杰，乃至后来的萧云，叶天翔，宫玄，许园……这些如雪如花的人物不断盘旋在我的脑海，犹如青烟笼雾气，洗涤着内心深处最绝望稚嫩的灵魂。纸页透过多年后的瞳孔，一如那时清晰动人，弥久不散。我的青春与之消逝，残存惦记和怀想，如池沼里开遍的荷花，停在一生最璀璨的盛夏。我想我一辈子也找不到那样美好的时光了。

生硬苍白的话语，故作高深的独白，繁冗拖沓的描写，离奇突进的情节，几度删改，读起来依旧艰难。这是一本不能继续的书，它记载了太多似是而非不明不白不为人知的过去和憧憬。那样斑斓陆离，映射着过去的种种迹象。我不禁怦然心惊，它必须死去，以保住那些走远的故事和一群人的秘密。

回顾那段写晦涩阴暗《旧青春》的时光，仿佛那段因为写悲情故事而过得悲伤压抑的泥潭,直至今日也没能走出。害怕从前的悲伤逆流,害怕过往的温存改写,害怕一切已经变质的事物继续坏下去。于是让《旧青春》停在属于它的旧青春,陪着那群一起哭过笑过的旧青春旧故事的旧人物。

这些年来面对无法直视的一切,身边的人们聚了又散,我依然是个没人爱的孩子,但见亲手写下的几本小说,觉得自己还是完整和幸福的。我无限缅怀的过去,就这样被匆匆记载,匆匆流逝,最后写在我的每一部青春小说里,成为我最可遇而不可求的影子。

看着那些稚嫩不通的文字,我皱着眉,笑得没心没肺。每个人都会有过去,也终将成为过去。过去的我,绝非现在的我,未来的我,又会是怎样?我不害怕,因为我从来不曾改变,内心极度燃烧,柔软不懂坚强。

这一刻,我是幸福的。有一天,能亲自捧着自己的书一页一页地看,那会是多么温暖动人。

3

庸碌的时光,怎一个忙字了得。突然的开学,来得忐忑而焦躁。第一天竟敢就是实验,毒气毒液无所不在的有机。更关键的是,出师未捷,首战失利,新学期第一次实验宣告失败。注视满目疮痍的现场,我和搭档没心没肺地笑，笑骂这磨人的教学安排。

仿佛习惯了暑假只身一人留在重庆，依赖着一切意料之中的闲散生活。开学紧锣密鼓的节奏，着实让人惊呆。走出实验室，重见光明，一身药水味扫过路边的小食摊。小贩阿姨掩着鼻子瞪着眼，搞得我一鼻子灰无所适从。唯一令我欣然的，便是后来的中秋。一位吉他学员送我一个月饼，从未有过的成为一名老师的欣喜，瞬间如树林里飘来的樟香将我层层围裹。我受宠若惊，小心把月饼放进背包。那一刻，我的自信和快乐载得满满。

匆匆掠过的风急火急的时光，苦乐交织，成败参半。从一个深居简出的宅男，到一个在外闯荡的游痞，我目睹并经历了鲜有涉足的假象。看穿那些颠扑不破的人与事，是与非，顿然发现站在事物的外围，和处于事物的中心，是大相径庭的视觉。风风火火掠过了大学两年，似乎都已白过，除了写作和弹琴，我似乎并没懂得如何融入社会。

我们都在不断摸索，最后固执己见，只怕一朝所剩无几。常会觉得浑身上下一无是处，也会觉得万事俱备只欠东风。倘使我有足够的能力跳出实验的圈，我将不再为实验眉头紧锁。倘使我理想有成，势如破竹，我不会还在校园摸爬滚打。如果我是一个没有理想之人，我不会有迷茫，去任何方向，都是我的路。

但现实围墙里，心怀美丽的幻想，倘徉大路漫歌，却终要走在荆棘的路上。能力之所不及，心力之所憔悴，使我迷乱慌张。仿佛一头血性方刚却浑身麻醉的野兽。

4

鉴于学员增多，僧多粥少，我特地购置一批教学用琴。午后天气燥热，阳光投下眩晕的圆环，闪烁在林间依稀的漏缝里。

我签收了包裹，抱着吉他小心翼翼走在坑坑洼洼的石子路上。路边一件矮小的老蓝色花格子衣衫，蹲在草木丛生的路旁。我侧过脸仔细看，是个年迈瘦小的老妇人，拄着木棒，衣衫褴褛地看着我。眼神幽暗而潮湿。我惊觉，原来我身边这个人，并不是蹲着。

我突然想起家乡小镇年迈的奶奶，她身子硬朗，却也到了这个黄土及肩的年岁。我不由得顿了顿，停下脚步，柔软无力地看着她。她靠在树干旁，抬起头来看着我一动不动，仿佛我有什么异常。我想想便觉得自己好笑，老人都习惯这种久久凝望的眼神，看着他们孙子孙女一般岁数的年轻人。

我紧紧抱着吉他，突然眼角的光芒滑落。我看到她枯枝一般消瘦黝黑的双手，正捧着一堆废弃包装壳和纸屑，我第一时间反应过来，这是一个风烛残年的拾荒老人。我终于明白她凄切眼神里另一层含义。我把包裹全部放下，摸出钥匙便拆起包装纸来。她缓缓靠近，微笑地打量着我，我边拆边问她吃过午饭没有。那时时近1点，我的无意问候，只是礼貌习惯。然而她的回答让我哀伤得无以复加，没有。

时间不早了，奶奶你怎么不回去吃饭？饭一定要吃，吃了再干活。她说她知道的，然后继续木讷地看着我手忙脚乱地拆卸。我无言以对，说不出话来。我会意地从书包里取出早上没吃的面包，递给她。她接过去，双手犹如刀锋的摩擦，让我猛地一颤。我清晰地记得，那是故乡奶奶淘过米后锋利如刀的手心。

不忍继续观望，我低下头来把纸屑放好一堆。我想越快越好，怕多停留一秒，内疚便染上几分。终于我一头热汗，把厚纸皮和包装材料装在一个麻袋，帮她束上。她夹着重庆口音不停道谢，我没听懂，便顾着点头离开。

一阵轻松随着飘来的风刮进我的心间。我欣慰，不是因为做了一件好事，而是经历一件让我心酸的小事，提醒我太多被遗忘的细节。人在远方的时候，常易迷失自我，走着走着，变成一个面目全非的自己。每回想故乡的亲人，都有一种莫名而强大的力量，能在迷途之时，强而有力地把我活生生拽回正确的路途，远离深不可测的山渊。而我在吉他的路上拼命冲刺，看着手里添置的这批吉他，我像怀抱着满满沉沉的梦想。那一刻心里坦荡极了。

这世间不公平的存在，极端而锋利，人来不及闪躲，便纷纷中箭倒下。我气愤大学教授开着几十万的小车飞扬跋扈在校园小道上飞驰，我心酸于这样面黄肌瘦弱不禁风的老人还在炎热的天气里艰辛拾荒。但我又能做什么？自己又做过了什么？我的作业原创少之又少，我的补考另有其人，开学两周才去上课，每天还过着风高浪急的高消费生活。

我又想起飞哥。每次不写实验报告，大难临头便拿我的作业抄。兄弟一场，关键时刻岂能不救？可这货不写也罢，连抄都不讲究技巧，原封不动就差没把我的名字学号抄到他的报告纸上了。不幸的是，改报告的老师又是脑门拍砖思想古旧之人，每次都把我俩拎出来集中教训。可怜我难得原创，却落得个相互抄袭的罪名。

此时的我笑不出来。正如辅导员所言，不论人有多少特长多大能力，通通不管，只要他还是这个学院的学生，就必须老老实实做实验，老老实实写报告。我觉得这话合情合理，我的初衷何尝不是如此。迎着不断退后的樟树落叶，我凝重地抚摸着琴肩。不论我如何闯荡，我都会记得，自己还是一个学生。

女 孩

I. 她们

1

花季里那个靠窗的女孩，书中似乎没有出现，抑或根本没有真正意象上的那个女生。可她曾经真切来过，在你们的眼球里舞蹈，微笑，然后离开。

曾想回去一别两年的母校，却难以启齿，举棋不定，末了发现，感情已不再是隔阂那么简单，还有一份磕绊。害怕时不我与物非人非，害怕曾经的理想面目斑斓，害怕突然遇见一个故事里熟悉的人，突然陷入回忆无法自拔。

长大了，才知道害怕。

从前阳台上吹风，大声咒骂某个做得出格过火的老师的身影已消散；三两个人蹲在教室角落偷吃米粉，小嘴扑哧扑哧的画面已成惦记；早自习时背着老师在课桌下翻日记看小说被逮住还死不承认的清晨，已紧锁在抽屉里的日记。

记得那年高考前，坐落在母校侧门外的新建教学楼，不知有没有入住初中部，不知里面有了什么变化。不过我是宁愿相信没有变化。看不出花园式的母校还欠缺什么景致，瞧不出光线明朗的教室里，还需要其他多余的物体。我想母校根本没有什么变化，这是我唯一聊以宽心的。

物是人非并不是最悲惨。最悲哀的是，物非人非。一如镇上的小学，难有机会进去散心，走出来却是空穴来风不明所以的紧张。仿佛我从未属于这里，一草一木，从未留下我的身影和笑语。宿舍前排的篱笆，布满杂草的操场，绿树成荫的球台，坑坑洼洼的路道，看似年过七旬摇摇欲坠的教学楼，从我离开母校的那个夏天，渐渐地不复存在。眼前平展的水泥操场，搬来几个规范的篮球场子，破落的乒乓球台外，长成几栋陌生的大楼。

真实的年少时光里，我从没有留意过任何靠窗的女孩，兴许是靠窗的时候我没来得及留意，再者在靠窗之前，她已经让我视线不得不放开到别处了。试想一个波光粼粼的早晨，一个茶香飘逸的午后，一个昏黄徜徉的傍晚，一个花针落地声音脆响的深夜，干净的课桌前，坐着一个腼腆开朗贪睡的女孩，那是何等的一种享受。可我没有，我总是悲剧地被老师安排在了教室中间最靠近地心的地方，同桌一个个换，我还在原地。中间总是隔了几重山，以至于，我的视线想要到达那个窗户底下，总得经过一路厮杀坎坷。

2

女孩这个时候,总是投来一个漫不经心的微笑。我木讷地看着窗外,以示我从来没有去看她。我心里知道,她对班上每个人都爱笑。行经高一高二高三,那个笑容美丽如同天使光洁的飞羽,洒满人间,却是那般可遇不可求。

女孩学习不是很好,符合一个教育打磨下,漂亮女孩子普遍符合的标准。体育很好,体质很差,爱哭爱笑偶尔爱闹,无法跟书虫接轨。喜欢穿红色的蓝色的灰色的总之不是白色的鞋子,喜欢穿短裙但又不是特短的那种,让每位看官都注意到,却又不至于让人有其他想法。喜欢生病,尤其擅长感冒和鼻涕,有了鼻涕特卖乖。

兴许是时光之里时空之外,屠杀了我的更多回忆吧。我所记得的大概这么多了。还有很多,仿佛记得又不清晰,总之现在还不记得。

不记得好呀。我会如何回忆她,付出绞尽脑汁的虔诚,才能一一想起那场伴随阳光的雨那场离别的失忆。

人是该成长,该懂事的。模糊生命里每一个重要的人,忘记走马观花的每一位过客,是本能,也是才能。记得她们真的善的美的,善忘从前有过的伤疤和泪痕,这样女孩都是天使。在通往明天,通往更快逝去光阴的路上,我们何曾不希望,遇见的只是一个天使?

一个生活在青春的花季转眼飘散如烟的天使,没有线索,没有用尽一生的铭记。

3

高三的一天。

阳光在雨后难得出勤。打考勤的老师一走,墙角里的那个女孩又开始地下革命。

"劲草,我说你每天弄这个干吗?"

"好玩。"

"时间这么紧还玩?真是佩服你!"

作为同窗,理论上我要适当关照和讽刺。

"无所谓。"

那人抬起明晃晃的眼睛,低低地应了声。那般单纯的眼光没有杂质,没有血丝,她不是熬夜的人,幽深的目光却漆黑如夜恍如深潭。

"艺术生都这么潇洒安逸吗?可我只是悲剧渺小的应届生。"

"你哪只手看见我安逸了?"

"左手和右手吧。有高考压力的人呢,都喜欢出去散步呀唱歌呀什么的。偏你一个女孩子家,躲在墙角里画画,还专画一些乱七八糟的东西。"

"是你看不懂咯。"

"上次给我看的骷髅头,至今仍然是阴影。"

"那哪里是骷髅头了,那是一个没有血肉却整天思考的人。"

"有时候我很好奇,为什么都长两只眼睛,你看到的世界和我的世界似乎不同。"

"没有人会懂所有事情,而绘画就是你的软肋。"

"胡说,他也看不懂……"我揪起同桌的衣领,把他活生生扳了过来,"是不是,你也看不懂。"

"啊?"

"说你也看不懂她的画。"

"喔……说我看不懂你的画。"

欠揍的同桌支支吾吾了半天,竟然把原话复制,还胆大地篡改了人称。气死我也,今晚的数学考试你俩可都别指望我了。

"你们继续相爱相杀,我继续画画了。"

女生眼珠咕噜一转。令人称奇的是,高考那次,女生没有考差,居然还是二本差点够着一本的那种。她果然聪明,清华的大脑,北大的神经,幼稚园的学习激情。

收到录取通知书的那天,她还在画。接过通知书,看一眼,录取了,摆摆手扔到客厅的茶几后面,继续画只有她才看得懂的画。

传奇的人物,必须赋予传奇的色彩,而那天她就是那样传奇，难得画了一会儿就罢工。牵起书包，带我逛街，请我吃最便宜的冰棒。真是大方，也不辜负平时我给的那几块实在吃不了的饼干。

4

如果说严格靠窗的女孩，安岚就是了。因为从教室的错落位置来看，最末排的墙角，离窗户只有一米之遥。那么，从这个角度看的话……好吧，作为她的前排，我发现我更像那个靠窗的女生。

事实上靠窗边的还是男生居多，每逢午后炽热的阳光便从窗户探爪进来，女孩多半被保护在教室中央的位置。女孩不爱画画，却钟爱涂鸦，被我权威地认定是真正意义上豪放派艺术家。作为全班闻名的艺术家，除了经常得到老师的点名和小灶，她还很谦虚，很少会承认是自己的杰作。

其实涂鸦只是她的业余爱好，她真正的特长是长跑。且不要用偏激的眼光臆想，切勿在脑中勾勒一个非洲黑人妇女猛跨筷子般又细又长的腿飞速跑动的画面。她其实肤白貌美，这个，哈哈也差不多啦。

传闻一白遮百丑，那么皮肤有点健康黄，身体瘦得跟腊肠，却依然美丽不可方物的话，这就算不是百分之百美女，也至少是百分之九十那种了。安岚素来是一个对不起自己名字的人，一如她私下所言，好一个柔软的名字，好一个钢筋般的人。

"幸会,幸会……"

傍晚训练之后,常有等候的女生集体给她呈上擦汗用的毛巾和饮用水,一副副花枝乱颤的神色。

"谢了。"

"安岚姐,那个……你人脉广,短跑队的队长哥哥叫什么名字啊?我也不贪心,QQ我都不打算要……给我手机号码就够了,嘿嘿……"

"安岚,铅球队的板寸头少年今天怎么没有来?上次回复我了的……"

"姐姐,我给你带了点心,顺便麻烦你捎封信给补习班的学长……"

低年级的女生一般都是这样和她沟通,也只有这么一点沟通了。我常在她的背后为她默哀,多么要强率真的女孩子,为何没有真爱呢?

可她确实从不缺少男生的追求。安岚从容淡定,似乎不食烟火,"静若处子,动若脱兔",是她最真实的写照。曾有一段时间,靠窗边的是一个四肢发达,神经粗条的猛男,对安岚仰慕已久。她在左边,我蹲中间,男生在右。悲情的故事,往往带有喜剧的色彩,男生一次次贿赂我代为传信,最后每封信都变成了安岚的草纸。一个月后,男生告退,我吃贿赂,变得白白嫩嫩。

可安岚从不知道她有多美,像夏日荷塘里的莲花,在阳光照射下熠熠生辉,却看不到四周荷叶挡住的爱慕她的人。

5

当我看见煦煦在我右手窗边的书堆里坐下,我不敢相信这个事实。

一口流利的"莺葛里许",头上一朵小小的发卡,一张精致的脸蛋,像刚在奶里泡过,让我们这群色狼忍不住想一吻芳泽。

相识多年,煦煦哪里都好,可就是特气质。说话特带气,跑步特没气,学习特泄气,考试特喘气,吃起东西来特争气。

然而她最擅长的是拿我解气。身形小巧可怜滴滴,一副好欺凌的模样,拳脚功夫却十分了得,上到大考小考考差,下到早晨吃的面包过期,我都一律动辄得咎,做活人靶。

可谁能知道,这么一个女孩子,却是大家一致认同的乖乖女。

有一次挨打我记得尤其深刻。那一次,她考了全班第一,最后把我痛扁了一顿。

"年,我发现每一次考差了就发气在你身上,晦气一点一点就少了。这次真的一点晦气也没有了。看来晦气都在你身体里扎堆了，不行，我要集中消灭它们，以防它们东山再起，再度回到我身上。"

煦煦信誓旦旦地跟我说。后来，没有后来了。那次她拳脚功夫惊人，在强有力的"按摩"下，成功将我误吃下去的隔夜的骨头逼了出来，吓得她满脸煞白，以为打断了我的肋骨，会使我功力尽失，再不能给她出气，于是一连四个星期每天早上给我带亲自熬的骨头汤，喝得我都反胃了，看到骨头汤就想往教室外面跑。

那几年静好的时光，刻下煦煦善良单薄的清影，成为我青春日记里最值得回味的座右铭。

爱上一个简单快乐的人，会让另一个人也变得简单快乐。

II. 一纸光华

1

当琴键的舞步响起，飘落的画面退幕，最后的书页合上，满载沉重的书香。时间静止，惆怅惘然。

初看电影《致青春》，粗看细看，全是烂俗的都市痴男怨女整场飙泪的戏码。满场浩荡的画面和音容，却瞅不见青春二字何解。最初印象是这部电影，是一部非常不错的都市爱情剧，却绝非成功的青春文艺片。

何为青春？青春不单是爱情。

懵懂的成长路上，磕磕碰碰，兜兜转转，走过莫名的期许，走过徒劳的伤感。雕镂的青春画板上，写满了爱情，友情，亲情，同窗，甚至有一些模糊的角色，写进仓促的暧昧里。萍水相逢，却成为心中的惦记。苦难，思索，幸福，狂欢，悲痛，寡淡，踌躇，都该是青春里五彩斑斓的碎片。

而这一切，在第一次所见的电影里，并没有完整呈现，甚至于说，它只讴歌鞭笞了爱情友谊别无其他。无数个硬接而成的琐碎画面，捕捉不到青春的气息——张扬的热血的疯狂的低迷的灰暗的潮湿的老去的青春。

于是我看完便走，意识到我不会再看。心想又一场堂而皇之的票房奇迹，又一场大失所望的视听消费。从而我越发怀恋《阳光灿烂的日子》。

青春可以用来怀恋，聊以慰藉正在褪色朽烂的时光。可如果青春只剩下缠绵不休的爱情，那么就让青春早早腐朽，它无疑成了一场哗众取宠的庙会。

一个心血来潮的午后，燥热的气流流淌在刚刚拆去风扇准备安装空调却迟迟没安的宿舍里有如醍醐灌顶。闲来无事便捧起书看，顿然发现电影并非完全汲取原著精华，而我所谓的都市爱情，也只是电影中一种偏重呈现。

渐而久之，我爱上了这本书。有个青春的名字，有一群青春的愁绪和张扬。原滋原味的思想，朴实无华的情节，竟然贴近了我们的耳畔青春。而我一直坚信，亲近普罗大众的青春，才是真的好作品。

当我循着书香，看到字里行间的最后一章，合上书一刻，我迫不及待想要再看一次电影。我想我会发现一些别的东西。

曾看完《那些年》后心血来潮看了小说，有一种电影超越原著的错觉，兴许《那些年》电影真的太成功。较之于我走过路过的十多年岁月光景，电影胜过原著的，我真没看到第二个。

两度观影，不由自主回想书页。在电影与小说的描述里，究竟是花好月圆良辰美景郑微林静修得正果来得朴实亲近，还是看穿青春述尽愁绪最后人走茶凉各奔西东冷落收场更为煽情？

我喜欢第一个结局，原著的结局。

青春不该是徒留满片戚伤的离别落幕，纵使有朝一日，它终将糜烂。青春，长青之春，长青的岁月里时光催人老，却不阻挠青春绽放的万丈光芒。林静出现，陈孝正归来，阮阮的死，姐妹们归途各异，都有如悲伤发酵沉沉不绝。情感的溪流撞上岁月变迁的暗礁，只能惨痛搁浅。

故青春的最后，一道离别的刀疤，一条永恒的鸿沟，一幕往年的美丽回忆，一朝惨痛现实的眸前，然而阻不住年华逝去，就活该如此收场？

就像夕阳沉落，却有万丈晚霞；雨水滴透，却有彩虹皓空。青春逝去，当要阳光果敢，坚强有劲。

第一个结局，总算在大悲大喜间，给人安静的安慰鼓舞。告诉我们青春老去，时光会毁灭一些事物，也会沉淀一些东西，它们将会陪伴年轮走下去。

我依然看着原著，就像看着多年前喜欢的第一个人。流光的胶片匆匆滑落，我很高兴看了两场电影。仿佛是两场殊途同归的青春，电影和小说都极致抒发了青春不同角度下相同的理念。

再见，青春，永远的别离。

2

众所周知，电影《那些年，我们一起追的女孩》感动了无数青春旅途路上以及走过路过青春的人们。那些美丽的邂逅残忍地擦肩而过，化作青涩的疼痛，弥留在脑际久久挥之不去。

不得不说，作为台湾文艺片中出类拔萃的一部，《那些年》确实是成功的。它的风靡程度远非《蓝色大门》《最遥远的距离》等等众多成功文艺片可及。如我之愚见，《那些年》所以成功源于它真正走近了每个观众的情感和生活。在捕捉到记忆与电影剧情有一丝或几缕相似甚至相同的邂逅中，我们已然被感动。仿佛在看一场同时也属于自己的青春。

而祖国大陆，一切低票房的片子都可以叫文艺片，这已是约定俗成的事实。从一个最小的角度来看一部电影，渐渐会发现，票房越好的文艺片，越是接近生活，接近人们的内心。一如《那些年》。

她的爆红爆紫，无疑成为当代青春电影的主打。而后我看了小说《那些年》。故事游弋，我思考最多的，不是青春为何物爱情为何物之类的浮云高深，不是为何柯景腾和沈佳宜相互喜欢最终却形同陌路成至交，而是，我看的书真是正版吗？

小说《那些年》和电影里实在情节迥异，个别情节甚至大相径庭。

为何小说里柯景腾最先喜欢的李小华会在电影里默默无闻，为何电影最后柯景腾以新奇方式强吻新郎告别自己青春，小说却只字不提？为何小说里曹国胜压根就是一个龙套都不算的人物，在电影里被敖犬演成男二……终于我读了小说的轩然大波。当柯景腾自由格斗比赛战败，打电话给沈佳宜倾诉痛快的时候，回忆电影里沈佳宜来到格斗现场，两人在雨夜彻底闹僵，终于懂了。

不得不说，九把刀是一位值得尊敬，勇于直面现实的作者。

诚然，九把刀的最原始真实的生活才归现实，小说是童话，电影是童话里的童话。凭着一种写实风格，九把刀成功将亲历之青春，写进了人们的心坎。可艺术雕琢，总有一些东西不得不被艺术掉。正如今天你跟你喜欢的女孩一起吃火锅，不见得在你的作品里就要出现吃了什么菜，她是怎么咬碎食物的细节。甚至那天天色正阴，可能你也要写成下雨。因为一句话，艺术源于生活，却又高于生活，艺术需要渲染和必要的矫饰。

如若百分之百把生活写成作品，那样的作品，看起来像是草原，人们最想要的其实是乱草里的蒲公英。九把刀是聪明的，艺术过后的青春，仍然被人们真诚接受，甚至在电影经历两轮"艺术"过的情节，依然足以走进我们心里。这是尺度的把握，是作者的本事。

单看电影，仍会存在一些疑团疏漏。假以结合小说一看，准是可以把认知带入一个更深的世界里去。青春走过总是匆忙，往事已成烟，但就是这样，成长正悄然发生，不知不觉改变了你我，不知不觉时光又少了一片。在被窝里打几个转身，时针已过一刻；在电视机前喝一罐可乐，一个下午就过去了。

走到时光的这头，回首方才滞留的那头，满是迷茫的无所察觉。生命里璀璨的太多，总得留下一些吧？

有的故事纵使暗淡，也不用回避。一味的灿烂会把你弄瞎。

3

当你看到这个熟悉的字眼,你是否已经拾起那段慢慢忘的青春年少?

桐华笔下《那些回不去的年少时光》所绘的是80后一代阳光灿烂的青春画面。在我们90哪怕00后同样脆弱的神经里,自是无从真实体会那个时代的风土人情,无从领会那时青年的所梦所想,更难以触及那个顺承父辈改革,处在传统文化和新时代思潮冲洗下交接更新的思想变迁。

你是否知道,曾有一首歌,唱遍大江南北,大街小巷的卡带磁带里传唱的全是它。曾有一个组合,昙花一现,却成为整整一代人的青春回忆,成为今后人们怀念过去种种友情、亲情、爱情、童年的寄托。曾有一个人,成为人们心中不可挥去的经典,影视歌三栖的卓越贡献,更是令上至60后下至90后的人为之折服,仿佛耳畔依旧是那首倩女幽魂,那部霸王别姬。

你可知那个时代,一双旱冰鞋是多么耀眼,歌厅舞厅慢慢成长成为时髦文化,第一代港台娱乐走进青春的每个角落,人们行动和思想开始了滔滔巨变。

那个时候,电视还是一个稀奇货,电话更是只有为数不多的小康家庭才能拥有。一根冰棒也许就是全部快乐。时光流转,当我们从书籍影音里,看到那时简单的快乐已不再拥有，当手机成为不可或缺的重要器官，当"跳飞机""三个字"等年少游戏渐渐淡出视线，当新生代00后眼角迷茫，伴随厚厚的眼镜片，守在电脑桌前摸着鼠标，当"早恋"问题成为新的时代问题，取代曾经的"理解万岁"，当孩子远离脏兮兮的泥巴和小沟，当我们用90后的标签歌唱，陪着80后那代传奇的青春一起没落在时光的路上，才知道，我们也到了退居幕后的时候了。

书中的绝对主角罗琦琦，成功走进了无数人的心中，仿佛自己亲身经历的东西，也在跟随她发生，跟着她身边的人远去。当你感觉一部作品中，别人经历的事，似乎是盗版自己的，这才真正达成了心声与作品的共鸣。

纵然相隔整整一个时代，间杂了一代人的风雨阴晴，我们仍然可以感觉到，那些事儿，依旧在我们身旁发生。只是，我们缺少了一些东西，其实，他们也缺少一些东西。那些时光的只身片影，搁在我们心中却是伤痕累累，想要触及，却难以忍受。因为我们没有真正经历过，就没有真实的感觉。

聊以慰藉的是，幸好我们还有书籍，电影和老人，以至于我们可以模拟地走进我们错过的，抑或是没来得及选择的世界。这个世界在你出现的时光之前就已经存在和喧哗，那是怎样一种欣慰。而这本80后怀旧读本，无疑是一块瑰宝。

慢慢地发现，看一部本不属于我们青春的书，却可以同样抚慰我们的青春年少的花季心结。和他们一样，我们也有童年，也有各种各样说不完忘不了的儿童游戏，也有等着我们去寻找的泥沙，背后也会站着阴脸叉腰的母亲。长大一点，开始留意一种叫情书的东西，也会撕下作业纸，或偷偷花钱买一本好看的信笺，写给喜欢的女孩，或写给未来。只是不知以后的孩子，是否还知晓情书这回事。到了多愁善感的年纪，开始心里想着一件事，表面却是另一回事。老师的形象权威在心中沦落，学业越来越重，也学会越来越多忙里偷闲的高招。我们有一样难以跨越的高考，有一样的青春年华，有一样缘于各种原因和喜欢的男生女生分开的故事。

对于罗琦琦，一路的拜读，却让我越发讨厌。我讨厌她，她总是失去一个又一个珍惜她的人，总是让她们受伤，脾气死倔死倔，内心却充满了柔弱的空洞。口是心非，总以各种懦弱的理由，令机会错过。但她还有一个照顾她的小波，有一个爱他的张骏，有一个永不背叛她的晓菲，有一个伟大的对手关荷。她有太多饱满而鲜艳的人，以至于总是让我嫉妒不已。但最终她没能保留，甚至于全无保留。

我讨厌她，却又突然冷静转身，才明白我讨厌的竟是自己。而我，却毫无防备地把自己的命运和罗琦琦的遭遇紧密联系在了一起！

这是一个自然的过程,有如潮汐涨落月满盈亏。没有什么多余感情在里面。单纯觉得罗琦琦,太可惜。我想我对自己也没有多余感情了。

近乎完美的故事,童话般瑰丽的情节,贴近现实的伤人结局,让人在叹气之余,感慨万千,却又说不出一个字一句话。优秀的作品都有一个共性,让人即便看完了,也无话可说。它们挑战着完美,真正地潜入了人们的内心,任你发掘不出。而我看着罗琦琦,就像看着曾经的我们。从小学,到初中,到高中,到大学。

一场真真切切的青春,一代彷徨仓促的年华,就此谢幕。

4

那晚,情绪淡定,了无波澜。我怀着憧憬,打开《蓝色大门》。

大一的时候,曾有同学在耳边唠叨此作,一直想看,但随大学生活日渐庸碌繁忙,竟搁置到了现在。等看完电影,对剧情的琢磨,依然停驻在幻想边缘。而我揣摩最多的,莫过于蓝色大门,在我心中积淀的意义。

匆匆掠过的岁月痕迹里,青春的华丽与忧伤,懵懂与张扬,少年们莫不热情似火,躁动不安。用我们这一代路过的青春,拾起蓝色大门里的年少,总觉得对话永远不够。不论是克柔与林月珍错综复杂的细腻情感,与张士豪亦真亦幻难以揣测的恋情,还是结局深处引人思索的树林花絮,都仿似千万条藤蔓将我的灵魂紧紧包裹。

且不探访克柔的性取向,青春懵懂几何,一切都会是真的,一切也会是假的。路过之后,只有内心懂,却也无从说。结婚前,一切性取向都是扑朔迷离的,我赞成这个说法。如果需要一个更长久的担保,我想是,离婚前。

偷偷喜欢着异性,却不敢亲自接近,而要通过各种含蓄腼腆的方式,让对方感知自己的存在。青春诗章里,这样的画面晦涩而美丽,却难以幸免在开诚布公那一刻漫天遍野的戚伤。因为年轻,因为青涩,绷疼了多少脆弱的神经,错过了多少美丽的意外。

耐人寻味的青春物语背后,一代人成长的迷茫与冲撞,开始膨胀开始清澈。回首这几年不谙世事的时光,看淡了太多欢聚离殇,疏远了太多爱恨别离。我喜欢其中一个解释,蓝色大门,献给青春最纯净的礼物。

既美丽,又忧伤,带着不安,带着浅浅的心跳。当爱与喜欢,被悬在脑海的远处;当追逐与选择,被挂在头顶,犹如漫天的星空,璀璨而不可靠近。迷茫之中,一切都已注定。

正如大家喜欢的那句话,青春记忆,总是跟自行车有关。那时花开,少年年少,一辆自行车,飞驰在行人密集的公路上,路旁洒下一席绿树的枝条。少年的背影,俊俏而明朗，在风中呼呼走散，驶向视野够不着的尽头。

纸条，信件，线报，脚踏车，铅笔，书本，笔记，河堤，秀发。这些青春时代独有特色的美丽事物，在泛黄的记忆里，消沉了太久。曾想在那个花儿努力开放的年纪，稚嫩的手掌，却写着一封又一封不敢交出去的信，会是多么晦涩动人，又惹人叹息。友谊与爱恋，不曾泾渭分明，隔着一层空气便要走散，有时一堵围墙却能走到一起。

末了熄灯。月光洒进来，游走在梦里梦外的眼眸上。

致读者

　　花季，伴随腼腆的时光叶落。花季里那个靠窗的女孩，我的青春年少，就这样告一段落。

　　行文至此，终于可以说清标题。这样的女孩还有很多，善良的可爱的无邪的，太多太多哪怕是一个只和我说过一句话的人。

　　曾想再也不要相信真实的爱情，不要去做那些傻头傻脑的事，不要说大大的梦想长长的未来了。幻想用云薄风轻的心情，坦然面对旧青春里遗失的一切。收拾完记忆的摊子，一路前行，未来的路谁也不清楚。谁会知道，走散的人不会再相聚，相守的心不会再分开？

　　故而《花季》不明不白收场，抛下一个不是结局的结局。它摘取了我生命中最美的片段，却并非一个完整的我一个鲜活的旧青春后青春。因我们还在走向生命深处，故《花季》永无终点。文中含沙射影，侃侃而谈，有浓墨重彩，有清新飞扬。它阐述得够多，也该到此为止。

它亦是自传小说的前奏。那将是一部贯穿整个年少，直达我生命足下的作品。浩浩荡荡的十年时光，蓄势磅礴，情感与故事纠葛将深入具体化。那些千丝万缕的人物关系和事件，都将系统清晰地呈现出来。这个更替的时代下，青春一代的蜕变和离场，将如烟花盛开。

　　这便是《花季》戛然而止的原因所在。她浮于表面的生活，并未深入原始的生命当中。青春只绽放在一瞬之间。

　　那一瞬，月落苍穹，树叶长青。